ソードアート・オンライン オルタナティブ

ガンゲイル・オンライン XII

Sword Art Online Alternative

―フィフス・スクワッド・ジャム〈中〉―

Sword Art Online Alternative
Gun Gale Online XII
5th Squad Jam

時雨沢恵一
KEIICHI SIGSAWA

イラスト／黒星紅白
KOUHAKU KUROBOSHI

原案・監修／川原 礫
REKI KAWAHARA

CONTENTS

Sword Art Online Alternative
GUN GALE ONLINE XII
5th SQUAD JAM

DESIGN / BEE-PEE

Sword Art Online Alternative
GUN GALE ONLINE XII
5th SQUAD JAM

時雨沢恵一
KEIICHI SIGSAWA

イラスト／黒星紅白
KOUHAKU KUROBOSHI

原案・監修／川原 礫
REKI KAWAHARA

Sword Art Online Alternative

GUN GALE ONLINE

Playback of 5th SQUAD JAM

前巻までのあらすじ

上巻のあらすじ

SJ4から一月も経《た》たずに開催《かいさい》が決定した、GGOチーム対抗《たいこう》バトルロイヤル大会《第五回スクワッド・ジャム》――、略してSJ5。スポンサーは、またもあのクソ作家でした。懲《こ》りないヤツですね。

今度こそは、変なしがらみもなく、妙《みょう》な縛《しば》りもなく、ゲームを普通《ふつう》に楽しめるはずとレンは思ったのですが、そうは問屋が卸《おろ》してくれません。

レンは謎《なぞ》の人物によって、GGO内通貨で1億クレジット、リアルマネーで100万円という大金のかかった賞金首にさせられてしまいました。レンを仕留めて、大金をゲットしよう。おかげで誰《だれ》からも、それこそチームメイトからも命を狙《ねら》われるという、大変に素晴《すば》らし過ぎる状況《じょうきょう》に放り込まれてしまいました。

それでも、レンはめげません。

賞金首に怒《おこ》ったSHINCとの共闘《きょうとう》を約束し、レンはピトフーイ、エム、フカ次郎《じろう》といういつものメンツと――

〝勝手に動いて、ピトフーイの首をいつでも取りにきてもいい〟シャーリー、そのシャーリーに付きそうクラレンスと共（?）に、三回目のSJ優勝を目指すのでした。

今回の特殊《とくしゅ》ルールとして、〝チームメイトが自分の別装備一式を運んでくれて、スイッチできる〟というのが設定され、レン達は普段《ふだん》とは違《ちが》う装備を選び出しました。レンのそれとフカ次郎《じろう》のそれは、まだ不明です。

そして始まった、SJ5。

性格の悪いクソ作家の面目躍如《めんもくやくじょ》とでも言うべきか、さらなるふざけた特殊《とくしゅ》ルールが設定されていました。

スタート地点で、チームは全員、バラバラにされてしまったのです。

しかもフィールド中に漂《ただよ》う、数メートル先しか見えない濃《こ》い霧《きり》。周囲がよく見えない世界に、レンは一人ぽつんと放り出される羽目になりました。なんと寂《さび》しい。

通信アイテムもコンパスも使えず、実際に見た地形以外は、手元のマップにも表示されないという過酷《かこく》な状況《じょうきょう》です。とても酷《ひど》い。

それでもレンは、チームメイトや盟友SHINCとの合流を目指して、ただ一人、五里霧中《ごりむちゅう》のフィールドを進んで行くのです。頑張《がんば》れレン。

そして、偶然《ぐうぜん》出会ったのは――、

前回のSJ4でZEMALを完全優勝に導いた、名参謀《めいさんぼう》女性プレイヤー、ビービーでした。

殺し合って相打ちするよりはと、レンはビービーと一時的に手を組みました。彼女の的確な指示の下、濃霧《のうむ》の中の戦いを確実に生き残っていきます。

しかし、前回も大暴れした自爆特攻《じばくとっこう》チームの大爆発《だいばくはつ》で、レンより運がなかったビービーは瀕死《ひんし》の大ピンチに陥《おちい》ってしまいます。

とっさに駆《か》けつけたレンの機転、そして偶然《ぐうぜん》近くにいて、駆《か》けよって来て助けてくれたボスとデヴィッドのコンビによって、ビービーはどうにか助かりました。

チームの違《ちが》う四人は一時的に組んで、煉瓦造《れんがづく》りの頑丈《がんじょう》な家に立《た》て籠《こ》もりました。

ここで霧《きり》が晴れるまで待とうと思ったとき、家に駆《か》けよって来たのは、ZEMALの一人、シノハラでした。

彼が仲間に加わると喜んだレンですが、シノハラはそれまで組んでいたらしいグレネード・ランチャー使いに、背中から撃《う》たれて死ぬ羽目に。

レンには、そんな卑怯《ひきょう》なことがスコンとやれるグレネーダーに、一人心当たりがありまして——、その悪い予感はズバリ的中しておりました。

シノハラを撃《う》ったのは、フカ次郎《じろう》でした。

レンは思いました。

なんてことしやがる。

SECT.6

第六章　10分間の鏖殺・再び

第六章「10分間の鏖殺《おうさつ》・再び」

「ビーィビーィ！　てっめえええええええ！　積年のおおおおおお、恨《うら》みいいいいいいい！」

「ああ……」

レンは天を仰《あお》ぎながら、

「ここで会ったがあああああああああああああ！　百年めえええええええええええええ！　今からプラズマ・グレネード弾《だん》で、その家ごと星の果てまで吹《ふ》っ飛《と》ばしてやるからなあああああああああああああああああ！」

フカ次郎《じろう》の声を聞きました。

やっぱり彼女でした。

うん、分かっていましたよ。ええ、分かっていたのです。

さらにフカ次郎《じろう》の声が、あの小さい体のどこからそんな大声が出せるのか疑問なほどの大音《だいおん》声《じょう》で続きます。

「悪いビービーはいねえがあああああっ！」

お前はナマハゲかあーっ！

レンの脳内で、まずはツッコミが炸裂《さくれつ》したあと、思考がスパークします。

どうやればいい？

どうすれば、この場が丸く上手《うま》く収まる？

レンは答えを出しました。

そんな手段など、ないと。

フカ次郎《じろう》がここに合流して、五人で仲良く、キャッキャウフフSJ5を楽しむ方法など皆無《かいむ》だと。もう無理。

だからレンは、

「全員建物から逃《に》げて！　急げ！」

ビービーと、ボスと、デヴィッドに、つまり〝今の仲間達〟に通信アイテムでそう叫《さけ》びました。

同時に聞こえてきたのは、グレネード弾《だん》が家を揺《ゆ》らす激しい着弾《ちゃくだん》の音。数発立て続けに、家の壁《かべ》や周囲で炸裂《さくれつ》していきます。

これは通常のグレネードで、対人用に半径3メートルほどに細かな破片《はへん》をばら撒《ま》く代物《しろもの》。何発か食らっても、この煉瓦《れんが》の家が簡単に崩《くず》れるということはないはずです。

しかし、

「フカは、プラズマ・グレネードを12発持ってる！　通常弾《つうじょうだん》を撃《う》ちきってから再装填《さいそうてん》してくる！　したっけ撃《う》ってくる！」

プラズマ・グレネードとなると話は別です。

着弾《ちゃくだん》したら半径10メートル、すなわち直径20メートルを蒼《あお》いプラズマの奔流《ほんりゅう》に巻き込み、そこにある物を全てグズグズにしてしまう凶悪《きょうあく》な弾頭《だんとう》。

それを12発、連続でぶちまけられたら——、この家の二階など、一階ごとなくなってしまうでしょう。残るのは土台だけです。

フカ次郎《じろう》というオオカミがどこにいるかは分かりませんが、霧《きり》の中でも、この家はぼんやり見えているはず。そしてぼんやりでも見えていれば、ヤツの腕《うで》ならバカスカ命中させてくるでしょう。

どかんどかんと、今も響《ひび》く炸裂音《さくれつおん》。

これは、2丁あるMGL—140の6連発弾倉《だんそう》をカラにするために、フカ次郎《じろう》が景気よく撃《う》ちまくっている証拠《しょうこ》です。

MGL—140の本体を捻《ひね》って弾倉《だんそう》を展開して、残っている弾《たま》を排出《はいしゅつ》するのも、撃《う》ったあとで撃《う》ち殻《がら》を排出《はいしゅつ》するのも、手間は全然変わらないはずなのに——、いえ、むしろ撃《う》つ分だけ時間が余計にかかるのに、とりあえず全発気持ちよくぶっ放す。それがフカ次郎《じろう》という漢《おとこ》の生き様です。訂正《ていせい》、女の生き様です。

でもそのおかげで、レン達には、ほんの数秒の、命を救う隙《すき》がありました。

「西へ出ろ！」

全て理解したデヴィッドが叫《さけ》びました。

たぶん彼は、既《すで》に自分の部屋の窓から飛び出しているでしょう。優《すぐ》れたプレイヤーほど、命のやりとりに躊躇《ちゅうちょ》をしません。即決即断《そっけつそくだん》。

「レン！　どうする？」

ボスの鋭《するど》い声が、レンの左耳に届きました。

短い言葉ですが、彼女が聞きたいことが、レンにはよく分かります。

フカ次郎《じろう》はレンのチームメイトですし、ボスはＬＰＦＭに協力する立場。

普通《ふつう》に考えれば、今ボスがやるべきことは一つ。

目の前にいるビービーをサクッと殺して、レンと一緒《いっしょ》に東側へと脱出《だっしゅつ》、フカ次郎《じろう》と合流する。

これがベストなはず。

つまり、

「ビービーだけどー、サクッと殺しちゃうー？　コイツは強いしー、コイツに率いられるＺＥＭＡＬも厄介《やっかい》だしー。ＳＪ５の今後のことを考えたらー、これが一番いいかもしれないよー？

今ならー、楽にできるよー」

そんな意味のことを、ボスは訊《たず》ねてきているのです。

レンは理解した上で、

「二人とも、とにかく急いで建物から離《はな》れて！　わたしも西側に出る！」

瞬時《しゅんじ》にそう答えました。

「分かった！　ほら行くぞ、ビービー！」

ボスが、ビービーをせっついてくれたようです。

レンは部屋から廊下《ろうか》に出ました。

そして長い廊下《ろうか》を西に行くと、後ろから派手な足音が聞こえます。ビービーとボスでしょうけど、今ビービーに背中から撃《う》たれても文句は言えないレンです。

しかしそうすると、ボスがビービーを撃《う》つでしょう。ビービーもただでは死なず、反撃《はんげき》するでしょう。なかなかにカオスな状態に。

撃《う》ってもしょうがないけど、できれば撃《う》たないで！

レンは願いました。

果たしてレンは撃《う》たれずに、さっきビービーがいた西側の部屋に入り込むと、一瞬《いっしゅん》でボロボロのベッドルームを通《とお》り抜《ぬ》けました。

腐《くさ》って潰《つぶ》れたベッドをひょいと跨《また》ぎ、割れた窓ガラスへと跳躍《ちょうやく》、勢いよく空中へ飛び出ました。

建物の二階、3～4メートルほどの高さなら、GGOのキャラ達は容赦《ようしゃ》なく飛び降ります。

着地と共に、P90を抱《だ》きしめながら前受け身のような前転を決めると、ほぼノーダメージです。ゲーム中は誰《だれ》も彼《かれ》もがよくやるので、現実世界でウッカリやらないように注意が必要なほど。

レンが回転から立ち上がる最中、ビービーが空中にいるのが見えました。その後ろの窓にボスの姿。

間に合え！

レンは心の中で願いながら、走り出しました。少しでも家から離《はな》れるように。

レンが着地点から10メートルほどを進み、走りながら振《ふ》り返《かえ》ったとき、

「うわ――」

フカ次郎《じろう》の怒《いか》りが、まさに顕現《けんげん》するところでした。

大量の蒼《あお》い球体が、モリモリと盛り上がって発生していきます。プラズマ・グレネード弾《だん》の炸裂《さくれつ》です。

とてもフカ次郎《じろう》らしい、ええ、実にフカ次郎《じろう》らしい、後先など一切《いっさい》考えない12発の連続フルパワー射撃《しゃげき》。

盛り上がった蒼《あお》い不気味なモコモコが、大きな煉瓦《れんが》の家を飲み込んで、文字通り粉砕《ふんさい》していきます。

フカ次郎《じろう》の狙《ねら》いはバッチリ。相変わらずいい腕《うで》ですね。感心している場合ではありませんが。

頑丈《がんじょう》な煉瓦《れんが》の集合体も、SF兵器のプラズマ奔流《ほんりゅう》には勝てません。まるで土に戻《もど》っていくかのように、煉瓦《れんが》が粉みじんに砕《くだ》けて散っていくのです。

その景色の手前を、ビービーとボスが、必死になって走っていました。いつもクールなビービーも顔をしかめていますし、ボスなどはひん剝《む》いた目と大きく開かれた口で、ギャグ漫画《まんが》みたいな顔をしていました。

命を賭《か》けた全力疾走《ぜんりょくしっそう》のおかげで、どうにかプラズマには巻き込まれませんでしたが、それが産み出す爆風《ばくふう》は避《さ》けきれません。

「わっ！」「どわっ！」

二人が仲良く爆風《ばくふう》に背中を押され、

「うひっ！」

レンに向かって、真《ま》っ直《す》ぐ吹《ふ》っ飛《と》ばされてきました。

避《さ》ける暇《ひま》もなく、レンの小さな体にビービーとボスの体が激突《げきとつ》して、

「ひゃ！」

「ぐは！」

「きゃっ！」

三人まとめてゴロゴロと、豪邸《ごうてい》のお庭の黒い土の上を、豪快《ごうかい》に転がっていきました。

「うひゃあ……」

人間団子を経験したレンが目を開けると、そこにはボスの、空母のように広い背中がありました。うつ伏《ぶ》せのボスに、自分の下半身を踏《ふ》みつぶされる形で止まっていたのです。

今日は、よく吹《ふ》っ飛《と》ばされる日だ……。

レンが思いながら、視界の端《はし》で自分のダメージを見ます。若干《じゃっかん》ですが、ヒットポイントが減っていました。

これで残り七割を切ったので、もう素直《すなお》に、救急治療《きゅうきゅうちりょう》キットを打つことにしよう。決めた。

そう思いながらゆっくりと顔を上げたレンは、丸い銃口《じゅうこう》を見ました。

RPD軽機関銃《けいきかんじゅう》の黒い銃口《じゅうこう》が、2メートル前でレンにピタリと向けられていて、

「困ったわ」

その持ち主さんが、美人顔を見せていました。

そこに立つビービーの顔はセリフと相反して冷静沈着《れいせいちんちゃく》そのもので、大切な仲間を、傷一つ付けたくなかったチームメイトを一人謀殺《ぼうさつ》された憤怒《ふんぬ》など、微塵《みじん》も感じさせません。

彼女は、とても冷静でした。

目元は笑っていないのに、口だけが、ちょっと微笑《ほほえ》んでいるように見えました。

あらステキ。これがあの、アルカイック・スマイルってヤツですね。美人がやると、とって

も絵になりますね。

だからコエエエエエエエエエエエエ！

レンが心の中で甲高《かんだか》く長い悲鳴を上げて、でも口には出さず、そのかわりに、用意しておいたセリフを言います。

「〝別の場所で、何も知らないそれぞれの仲間が、それぞれの仲間を屠《ほふ》っていても、恨《うら》みっこなしでしょ？〟」

それはちょっと前の、ビービーの発言でした。

それは一字一句間違《まちが》いない、完全な引用でした。今言わずして、何時《いつ》言うべきかというセリフ。

言わないと死ぬかも、レンは思っていました。

「……分かった。恨《うら》みっこ、なし。それに、ここで全員死亡なんてのも、望まないからね」

銃口《じゅうこう》を持ち上げたビービーの言葉に、

「ん？」

レンはなんのことやらと思いましたが、

「同感だぜ」

そう言いながら、うつ伏《ぶ》せからゆっくりと身を起こしたボスが左手に抱《かか》えている物を見て、理解しました。

ボスはいつの間にか、デカネードを体の下に抱《かか》えていたのです。

ビービーがレンを、そしてついでだから強敵になるであろうボスも屠《ほふ》らんとマシンガンを撃《う》ちまくっていたら——、三人全員仲良く爆死《ばくし》だったでしょう。

またも、ボスに助けられました。

ありがとうありがとうありがとう！

レンは心の中で激烈《げきれつ》に感謝しつつ、余計なことを考えてしまいます。

もしそうなっていた場合、レンにラストアタックを決めたのは、すなわち100万円——、じゃなくて1億クレジットをゲットしていたのは、どっちなんだろう？　ビービー？　それとも、ボス？

あと、今さら思ったけど、わたしがSJ5中に自殺した場合、わたしが1億クレジットもらえるのかな？　やらないけど。

ひとまずそれらの疑問は頭の外に放り出して、レンは返すべき物をビービーに返そうと思いました。

ポンチョの頭の上に付いたマーカーライトを左手で取ると、ビービーにアンダースローで放りました。

ビービーが左手で受け取ってチェストリグに放り込むと、

「次に会ったときは、敵ね」

「分かった」

ビービーが、短縮されたRPDの銃口《じゅうこう》をぐい、と近づけてきて、レンは立ち上がりながら、自分のP90の銃口《じゅうこう》、この場合サプレッサーの先端《せんたん》を軽く近づけました。

カキン。

金属同士が触《ふ》れ合《あ》う、いい音がしました。


霧《きり》の中へ走り去っていくビービーの背中を途中《とちゅう》まで見送ってから、
すううううううううううううう。

レンは大きく息を吸って、

「フカあああああああああああああああああああああああ！」

それからとりあえず絶叫《ぜっきょう》しました。

隣《となり》にいたボスが、

「うひっ」

逞《たくま》しいゴリラ顔をしかめるほどの大絶叫《だいぜっきょう》でした。

敵に聞かれる恐《おそ》れのある行為《こうい》ですが、もはやそんなことを言ってはいられません。

こうでもしないと、再装填《さいそうてん》されたグレネード弾《だん》の雨が今すぐにでも降ってくるかもしれませ

ん。12発分。

フカ次郎《じろう》が家を土台だけにした大爆発《だいばくはつ》は、霧《きり》も吹《ふ》き飛《と》ばしたはずですが、もう吹《ふ》き戻《もど》ってきています。

レンに見える範囲《はんい》は、どうにか30メートルほど。フカ次郎《じろう》がどこにいるかは、もちろん分かりません。あの土台の向こうに、それほど遠くない距離《きょり》にいるはずですが。

なので、レンは叫《さけ》ぶしかないのです。

そして、

「お――――――――――――――――――――――――――――？」

霧笛《むてき》のように、フカ次郎《じろう》の怪訝《けげん》そうな声が、かすかに戻《もど》ってきました。

「お主いいいいぃ、ひょっとしてレンかあああああああああああああ？」

「そうだあああああああああああああああああああああああああ！」

「オバケとちゃうよなあああああああああああああああああああ？」

「あわや、そうなるところだったぞお前のせいでえええええええええええ！」

「なんとおおおお！　大金稼《かせ》ぎ損《そこ》ねたかあああああああああああああ！」

「ざけんなあああああああああああああああああああああああああああ！」

声のする方へ、レンはP90を腰《こし》に構えながら走り出しました。ボスもそれに続きます。

「わたし右」

「よし、私は左を」

こんな馬鹿騒《ばかさわ》ぎをしているので、敵が近くにいたら、レンの存在に気付かないワケがありません。目の色を〝¥〟に変えて襲《おそ》ってくるに違《ちが》いありません。

左右を分担して警戒《けいかい》しながら、霧《きり》の中から誰《だれ》が出てくるか分からない状態で、レン達はキレイさっぱり土台だけになった、かつての我が家の上を通《とお》り抜《ぬ》けていきます。

「私に使えたら、アイツをもらっていくんだがな」

ボスが言いました。

レン達の進路の右脇《みぎわき》で、【Dead】タグを点灯させたシノハラの死体と一緒《いっしょ》に、7.62ミリのマシンガン、M60E3が転がっていました。

グレネードの直撃《ちょくげき》を食らった背中の給弾《きゅうだん》システムはぶっ壊《こわ》れていますが、弾薬《だんやく》ベルトはまだたっぷりと残っているように見えます。銃《じゅう》も無事。

拾い上げれば、高火力の武器を無料でゲットですが、使えない以上は無理ですね。

「フカあああああああああ！　今からそっちに行くから撃《う》つなよー！」

「さあああてええええええ！　それはどうかなあああああああ？」

霧《きり》の中を、だいたい東へと、レンは声が聞こえる方に走ります。

このあたりは、さっきのDOOMの大爆発《だいばくはつ》の衝撃波《しょうげきは》で家々が全て吹《ふ》っ飛《と》んでいます。あるのは基礎《きそ》の土台と瓦礫《がれき》だけ。

身を隠《かく》してくれる遮蔽物《しゃへいぶつ》も、銃弾《じゅうだん》から守ってくれる掩蔽物《えんぺいぶつ》もありません。まるで平原です。

霧《きり》の中を、30メートルは進んだでしょうか。

「おうレン！　見えたぞ！　こっちだ！　ハヨ来い！」

レンが声に導かれて行くと、とうとう見つけました。どう見てもフカ次郎《じろう》にしか見えないフカ次郎《じろう》を。

爆弾《ばくだん》チームの爆風《ばくふう》で吹《ふ》っ飛《と》ばされた家の基礎《きそ》の下に、小さな地下室がありました。

一人がやっとの狭《せま》くて急な階段を降りて、一畳《いちじょう》ほどしかない地下スペースです。

こんな小さな地下室が、一体何に使えるのか、設計者を問《と》い詰《つ》めたくなるレベルの狭《せま》さでした。

たぶんですが、階段の下に広い地下室を作るのが面倒《めんどう》だったのでしょう。データ的に。

その中に、フカ次郎《じろう》は小さな身を潜《ひそ》めていました。家が吹《ふ》っ飛《と》んだので剝《む》き出《だ》しになった四角い穴から、ひょいと頭を出していました。

そのフカ次郎《じろう》が、ニンマリと笑います。

「ようレン！　――となんだ、後ろから野生の雌《めす》ゴリラが付いてきてると思ったらボスじゃねえか。二人とも、息災で何より」

「おう、そっちもな」

ボスが笑顔《えがお》で返事。

レンは、フカ次郎《じろう》の前に立って睨《にら》みます。

「息災だけど！　死ぬかと思ったよ！」

「それはさっき聞いたぜ。いやあ、わりーな。まーさか、レンがビービーの奴《やつ》と一緒《いっしょ》にいるとは夢にも思わなくてな」

「偶然《ぐうぜん》かち合っただけだけど、一時的に手を組んでたの！　まあ、フカのおかげで、全部おじゃんになったけど！」

「おいおい、十年以上前から、口を酸《す》っぱくして言っておいたハズだぜ……？　もしゲーム中にビービーと一緒《いっしょ》にいたら、たとえお前さんでも、オイラのアタックに巻き込まれるかもしれないぜ、ってな……」

「聞いてないよ！　ってそんな昔にVRゲームはない！」

「細かい事は気にスンナ！　で、ビービーの奴《やつ》は、ちゃんと我の怒《いか》りの一撃《いちげき》で死んだんだろうな？」

「死んでないよ。わたし達と同じように、着弾前《ちゃくだんまえ》に家から飛び出して逃《に》げた。ギリギリだった」

「ほう。その後、ちゃんとお主が仕留めたか？　クビを斬《き》り落《お》としたか？」

「逃《に》がした」

「なあにをやっとるんじゃあああああああ！」

「こっちのセリフじゃああああああああ！　フカがシノハラを撃《う》たなかったら、14時まで、あの家の中で、凄腕連中《すごうでれんちゅう》と楽なチームを組めたのに！」

「あんな女とのチームは、死んでもごめんじゃあああ！　シノハラとは、ビービーを背中から撃《う》ってやるために組んだんじゃあ！　せっかく同じ苗字《みょうじ》コンビで騙《だま》くらかして、ここまで上手《うま》くいっていたのに！　プラズマ・グレネードを無駄《むだ》にしちまったぜ！」

「いや復活あるし。ああもう、詳《くわ》しくはあとで！」

レンは素早《すばや》く手を動かして、フカ次郎《じろう》と通信アイテムを繋《つな》ぎ直《なお》しました。ビービーとデヴィッドとは、さっき縁《えん》が切れたときに切れています。

「聞こえる？」

「おうよ！」

これにて、レン、フカ次郎《じろう》、ボスが繋《つな》がりました。

「ノンビリしている暇《ひま》はないぞ。スキャンはもう始まっている」

ボスの切羽《せっぱ》詰《つ》まった声が、両耳に届きました。

レンが慌《あわ》てて腕時計《うでどけい》を見ると、

「うぐっ」

13時40分を5秒ほど過ぎています。

スキャン30秒前に設定した腕時計《うでどけい》の振動通知《しんどうつうち》に、レンはまったく気付きませんでした。正直、それどころではありませんでした。主にフカ次郎《じろう》のせいで！

サテライト・スキャン端末《たんまつ》を見ていたボスが、

「フカの分の地図も統合されたな。北側にさらに広くなった。なんだこれは、線路か？　それはさておき、我々の周囲にリーダーマークが三つもある……。どれも知らないヤツらだ。もちろんそれ以外に、敵は来ているだろうな」

冷静に、

「そして、すぐにでもこちらへ殺到《さっとう》するだろう」

それから、少々苦々しく言いました。

「賞金首のレンのせいだなー」

フカ次郎《じろう》が楽しそうに言って、おんどれのせいじゃ！　と言いかけてレンは止《や》めました。まあ、半分はレンのせいですね。それは間違《まちが》いない。

「どっちの方角に逃《に》げても敵はいるだろうし、どっちからでも来るだろう。無論、そこに仲間は一人もいないだろうから全員容赦《ようしゃ》なく屠《ほふ》っていいが――」

ボスの言う通り。

この状況下《じょうきょうか》でレンに向かって突《つ》っ込《こ》んで来るアホウは、ＬＰＦＭやＳＨＩＮＣにはいないはず。どう考えても、バトルに巻き込まれるからです。敵と勘違《かんちが》いされて撃《う》たれるからです。

レンを襲《おそ》おうと集まる誰《だれ》かを、後ろからコッソリと撃《う》つ仲間はいるかもしれませんが。ピトフーイとかシャーリーとか、うわメッチャやりそう。

それらはさておき、ボスが訊《たず》ねます。

「どうする？」

状況《じょうきょう》としては、大変に不利です。

こちらは三人だけ。

内一人は、魅力的《みりょくてき》な賞金首。敵は周囲からワンサカ。どっちに逃《に》げても、敵とぶつかることは間違《まちが》いなし。

濃《こ》い霧《きり》があるとはいえ、周囲は平らで、ほとんど身を隠《かく》す場所はなし。

この地下室でみんなで隠《かく》れても、見つかった瞬間《しゅんかん》にどうしようもなくなりそうです。

一点を突《つ》いて包囲網《ほういもう》を突破《とっぱ》する方法は——、レンだけならなんとかなったでしょう。しかし、三人全員無傷で行くのはかなり難しそうです。

レンは、決断を迫《せま》られました。

レンは、決断しました。

この間、僅《わず》か0．2秒。悩《なや》んでいる暇《ひま》など、レン達にはないのです。

レンは左手を振《ふ》って、ここまでずっと着ていたポンチョの実体化を解きながら叫《さけ》びます。

「フカ！　せっかく会えたんだ……、第二武装のスイッチからのアレ、やるよ！　この地形ならできるでしょ！」

「ハッハー！　そう言うと思ったぜ相棒。二人の新必殺技《しんひつさつわざ》、出すは今だな。居残り特訓の成果、見せちゃろうじゃねーの！」

「なぬ？」

驚《おどろ》いたのは、もちろんボスです。

たぶんとっておきの隠《かく》し球《だま》だった二人の武装スイッチ、もうやってしまうとは。〝新必殺技《しんひつさつわざ》〟とは一体なんでしょう？

まったく予想がつきませんが、しかしそれが、レンの見つけ出した、この四面楚歌《しめんそか》な状況《じょうきょう》で、唯一《ゆいいつ》の生き残れる手段なのでしょう。

そのレンが、ボスの目を見上げて言います。

「しばらくこの地下室で隠《かく》れていてほしい！　わたし達の近くにいると……、とても危ないから！　こっちがガンガン暴れるから、ボスはたぶん見つからないと思う！」

「分かった……。何をやる気だと聞きたいが――」

「今は時間が！」

「だろうな」

「わたし達が予定通り生き残ったら、教えてあげる！」

「楽しみだ。ご武運を」

ボスは素早《すばや》く身を翻《ひるがえ》して、フカ次郎《じろう》と入《い》れ違《ちが》いに地下室に下りていきました。階段が残っているのでそこを下って、板などをその上に載《の》せて偽装《ぎそう》とします。

入って来たヤツはコソッとヴィントレスで撃《う》てばいいので、しばしボスは安全でしょう。手《しゅ》榴弾《りゅうだん》とか投げられたらヤバイですがそのときはそのとき。

「わたし達の方に敵が来ると思うけど、何かあったら教えて」

全身ピンクの戦闘服《せんとうふく》という、一番レンらしい姿を取《と》り戻《もど》したレンが言いました。

何かとは、特別ヤバイ敵とか、紛《まぎ》れこんだ味方とか、まあとにかく何かです。ボスは理解しました。

「分かった。ただ、なるべく邪魔《じゃま》はしないから黙《だま》っているぞ」

「助かる！」

通信アイテムが繋《つな》ぎっぱなしなので、レンとボスは最後にそんな会話をして、ボスは地下室の中に完全に引っ込みました。霧《きり》の立ちこめる地上から、ゴリラが一人消えました。

小さなプレイヤーコンビは、すなわちレンとフカ次郎《じろう》は、霧《きり》の中の、そしてボロボロになった住宅地に取り残されました。

フカ次郎《じろう》が、ヘルメットの下の顔をニンマリと歪《ゆが》ませて、

「よう相棒……。あの日、一晩悩《なや》んで決めた変身の掛《か》け声《ごえ》……、覚えているだろう？」

レンが、ピンクの帽子《ぼうし》の下で、フッと微笑《ほほえ》んで答えます。

「覚えているよ。——そんなものは一切《いっさい》決めてないって！」

レンとフカ次郎《じろう》が、同時に左手を振《ふ》ってウィンドウを出しました。

さっきまではなかった、〝武装スイッチ〟のスイッチが現れていて、二人は同時に押しました。

＊　　＊　　＊

「ただいま、13時40分！　現場に動きがあった模様です！」

そう、コソコソ声で言ったのは、茶色の迷彩服《めいさいふく》に身を包んだ男です。手にしている得物は、自衛隊が使っている《89式5．56ミリ小銃《しょうじゅう》》、折《お》り畳《たた》み銃床《じゅうしょう》タイプ。

そう、彼の名はセイン。実況《じっきょう》プレイヤー、セイン。

家の残骸《ざんがい》が地面に散らばる大地の上で、乳白色の霧《きり》に包まれた世界で、彼は他のプレイヤー達と一緒《いっしょ》にいました。

セインの5メートル右脇《みぎわき》に、《AK74》アサルト・ライフルを持った緑の戦闘服《せんとうふく》の男が、さらにその向こうに、霧《きり》に霞《かす》んで赤茶迷彩《あかちゃめいさい》の男が。そして、10メートルほど後ろには、《M40A3》狙《そ》撃銃《げきじゅう》を持った、米海兵隊迷彩服《めいさいふく》を着た男がいました。

セインの5メートル左側にも、クロアチア製《VHS2》アサルト・ライフルを持った他のプレイヤーがいました。

そうです、セインはチームメイト以外と徒党を組んで、霧《きり》の中でも確実にお互《たが》いを見失わない程度の間隔《かんかく》で扇状《せんじょう》に広がり、ゆっくりと進んでいるのです。

その方角は、

「ピンクのチビがいるかもしれない、LPFMの反応を目指して、我々は向かいます！」

たった今判明した、レンのいる場所でした。


少し時間が戻《もど》ります。

ゲーム開始からここまでの40分の間——、
黒い土にシダ植物が茂《しげ》る巨木《きょぼく》の森の中でSJ5を始めたセインは、彼なりの生き残り方法を実践《じっせん》してきました。

それは、特殊《とくしゅ》ルールを知って、13時10分に仲間との連絡《れんらく》が途《と》切《ぎ》れた直後に、

「ヘーイ！　エブリバディ！　聞いてプリーズ！　おねがいリッスン！　ファッキューなクソルールに負けない連盟！　結成しませんかセイ・イエス！　僕はセイン！　実況《じっきょう》プレイヤー、セインだ！　動画に映りたいプレイヤー！　寂《さび》しくて死にそうな、ウサギでラビットなプレイヤー！　カマーン！」

大声で自分の名前と居場所を叫《さけ》びながら、アイテムとして持っていたフラッシュライトを派

手に点滅《てんめつ》させ、四方八方に向けながら進むことでした。

ある意味すぐに撃《う》たれても仕方ない捨て身の作戦でしたが、彼は賭《かけ》に勝ちました。

銃《じゅう》のマズル・フラッシュとは違《ちが》う白い光を見た誰《だれ》かが、遠くから話しかけてきました。

「おう、アンタか！　しゃーねえから組むぜ。しばらくよろしくな」

「ウェルカーム！」

一人が二人になりました。

そして、

「参加する！　ひでえクソルールだな！　ひとまず組ませてくれ！」

「イヤーハー！　他にはいないかー？　だれかー！　仲間になろうぜフレンズ！」

「いるぞー！　そっちに行くから撃《う》つなよ？」

「熱烈歓迎《ねつれつかんげい》！」

呼びかけを何回も何回も繰《く》り返《かえ》し、13時25分くらいまでに、十八人の男達を集めることに成功しました。

その途中《とちゅう》、人がいるならと撃《う》ってくるような輩《やから》はいませんでした。セインの企《たくら》みは、大成功と言ってもいいでしょう。

森の中に集まったプレイヤーのチームは、見事にバラバラでした。

誰一人《だれひとり》として、同じチームがいません。スタート時に六人を最大限に散らしたことを考えると、無理もないですね。

知った顔としては、《AC—556F》アサルト・ライフルを装備して赤茶迷彩《あかちゃめいさい》で身を包んだ、SJ2の時に結託《けったく》を呼びかけてきたチームの彼がいます。SJ1からの参加者ですね。地味に出場歴が長いチームです。

また、不利だと分かっているのに意地でも光学銃《こうがくじゅう》しか使わないチーム《レイガンボーイズ》、略称《りゃくしょう》RGBの一人もいました。前回SJ4で、活躍《かつやく》の場を与《あた》えられて結構活躍《かつやく》したのも記憶《きおく》に新しいですね。

その彼が言っていたのですが、SJ4でファイヤに協力するために参加したチームは、今回は一切《いっさい》出てきていないとのこと。

もちろんセイン達は知りませんが、彼等《かれら》は本当に、西山田《にしやまだ》炎《ふぁいや》の、あるいはファイヤの恋路《こいじ》を実らせるためだけに出てきた傭兵達《ようへいたち》だったんです。顚末《てんまつ》を知ってどう思ったかは不明ですが、たぶん全力で慰《なぐさ》めてくれたんじゃないかな?

《G3A3ZF》自動式狙撃銃《じどうしきそげきじゅう》を持って、西ドイツ軍の軍服をキッチリと着込んだ彼は、コスプレチームNSSの一員ですね。フルプロテクターSF兵士の、優勝経験者T—Sも一人います。一人だけ浮《う》いてる。雰囲気的《ふんいきてき》にも。身長的にも。

まるで裏山にハイキングにでも来たような、軽装アウトドアスタイルのプレイヤーがいました。持っている銃《じゅう》も《M2カービン》という、第二次世界大戦中に米軍が使い始めた、なかなかに時代物の軽量ライフル。

よくそれで予選突破《よせんとっぱ》したなとみんなが呆《あき》れるやら感動するやらしましたが、チームメイトが火力バカばかりなので楽だったと言われて納得《なっとく》。自分はGGOで、気軽なスタイルで散歩しているだけなのだと。

他にも、話したことはなくても、殺し合ったことがある人達はいました。

「おお、あのときおたくを殺したのは俺だった」

「あのときはナイスキルでしたね」

まるで同窓会のように盛り上がりました。

濃霧《のうむ》の中に集まった男達は、敵なのにホッコリ。SJが取り持つ絆《きずな》ですね。今度オフ会でもしたいですね。

もちろんその十八人に、LPFMやSHINCやMMTM、そしてZEMALのメンツはいません。

いるわけがありません。

「アイツら、絶対に出てこないだろうな。たぶんだけど、今はどこかにガッツリ隠《かく》れてると思うぜ」

誰《だれ》かが言って、全員が激しく頷《うなず》きました。

「とりあえず俺達が最初に目指すべきは、すぐ西側にいるだろうLPFMだな」

仕切るのが好きな赤茶迷彩《あかちゃめいさい》の男が言って、

「しかし、ピンクの悪魔《あくま》は出場していないですぜダンナ。——ピンクの悪魔《あくま》は謎《なぞ》の欠場、ビビったのかあくまで、なんと惨状《さんじょう》。ここは無情な戦場、それが非常な実情」

セインが反論すると、一人が真顔で返します。

「それなんだけどな……、俺は、エムやピトフーイが仕組んだトラップだと思っている。実は事前に来ていたとか、12時50分ギリギリに酒場に飛び込んできてそのまま消えたとか」

「ほうほうほう。——それは一体、何のため？　ぐっと堪《こら》えるそれは〝タメ〟」

「そりゃもう、〝ピンクのチビはいない〟と思わせて俺達を煙《けむ》に巻くって寸法さ。アイツらなら、やりそうだろ？」

うん、やりそう。メッチャやりそう。

全員の意見がバッチリ揃《そろ》いました。

しかし彼等《かれら》は——、
あらバレてるし。

その様子を森の中で、聞き耳立ててコッソリ見ていたピトフーイがいたことなども、気付きようがありませんでした。

この時点でピトフーイ、彼等《かれら》をぼんやりと視程に収めていました。

スタート地点がこの森だったピトフーイ、じっと隠《かく》れていることを選んだのですが、声に引かれて集まる連中を知ったらじっとしていられなくなって、集まる男達をコッソリ後ろから付けて、ここまで来ていました。

迷彩《めいさい》ポンチョに身を包み、湿《しめ》った土にべったりと伏《ふ》せて、連中のやりとりに聞き耳を立てます。

その気になれば、手に持っているKTR—09アサルト・ライフルを、装着してある75連発ドラムマガジンが空になるまで撃《う》ちまくって、少なくとも半数くらいは屠《ほふ》れたのですが、撃《う》ちませんでした。

グッと堪《た》えます。

せっかくレンちゃんを楽しませてくれるんだし―。

そんなことを思いながら。

「じゃあ、我らが討伐《とうばつ》に向かうは、西方にありしLPFM！　よござんすか？　よござんすね？　各々方《おのおのがた》、御異論《ごいろん》ありませんか？」

セインの問いに、誰《だれ》も反論せず、

「よっしゃあ目指そう1億ゲット！　喜《よろこ》び集《つど》え一蓮托生《いちれんたくしょう》！　オレ達狙《ねら》うはピンクの悪魔《あくま》！　襲《おそ》って倒《たお》すはパンクなヤツら！　炎吹《ほのおふ》き出《だ》すアサルト・ライフル！　本気で残すぜ明日のラ

イフ！」

セインのノリノリのラップが炸裂《さくれつ》したのが13時27分34秒。

同時に、DOOMの大爆発《だいばくはつ》も炸裂《さくれつ》しました。

かなり離《はな》れた場所での爆発《ばくはつ》なのに、この場にも閃光《せんこう》が届き、10秒以上してから爆風《ばくふう》がやってきました。無風だった世界に空気の圧力が通《とお》り抜《ぬ》けて、森の木々がこれでもかと揺《ゆ》さぶられました。

GGOでも経験したことのない大爆発《だいばくはつ》に、何人かは大変に驚《おどろ》いて、アミュスフィアシャットダウンでSJ退場かと思いました。ギリギリ助かりましたが。

森が落ち着いて、ふわりと晴れた空が再び霧《きり》に包まれて、

「全員無事ですか？　なんという爆発《ばくはつ》！　驚《おどろ》きが炸裂《さくれつ》！　そうかヤツらか自爆野郎《じばくやろう》！　死んだら化けて出るぞ地縛霊《じばくれい》！」

ノリノリのセインに、

「連中も来ていたのか……。あそこで爆発《ばくはつ》したってことは、他の五人は近くにいない！　別の敵がいたとしても、これだけの人数を即死《そくし》させることはできないだろう！　いいチャンスだ！」

冷静な誰《だれ》かが言って、セインを含《ふく》めた十九人は、住宅地へと向かうのでした。

いってらっしゃーい！　レンちゃん倒《たお》してきてー！

そう思いながら、無言で見送ったピトフーイを、森に残して。

こうして、13時40分。

「ピンクのチビがいるかもしれない、LPFMの反応を目指して、我々は向かいます！」

四回目のスキャンで、目指すLPFMの位置がそう遠くないと知った結託《けったく》チーム、立てた作戦をすかさず実行します。

それは、

「〝みんなで取り囲み作戦〟の実行です！」

森から移動する際に、可能な限り大きく横に広がって、レンを扇状《せんじょう》に取り囲む作戦。

より具体的にいえば、霧《きり》の中で、お互《たが》いがギリギリ見える距離《きょり》で左右前後に展開し、ジワリジワリと距離《きょり》を詰《つ》めていく動きです。

扇状《せんじょう》に広がった北側から、彼等《かれら》は自分達に番号をつけています。一から十九です。

理由は、繋《つな》いだ通信アイテムでそれぞれの名前を呼ぶより、番号の方が楽だから。正直、この短い間で、全員の名前など覚えられません。

進撃《しんげき》する一団の右翼《うよく》は一から六、七から十三が中央、十四から十九が左翼《さよく》です。

もし誰《だれ》かが撃《う》たれたら、死ぬ前に番号を叫《さけ》ぶか、あるいは周囲の仲間が、何番が撃《う》たれたかを告げる段取り。

見えなければ攻撃《こうげき》できない霧《きり》の中、もし仲間がやられたら、その近くに敵がいることは絶対に分かりますから、左右の、あるいは後ろにいる仲間が発砲《はっぽう》します。

見えない空間に一斉射撃《いっせいしゃげき》を食らわして、相手にとにかくダメージを与《あた》える作戦です。人数に勝《まさ》る自分達が取り得る、一番確実なやり方。

全員の武器の火力を考えて、右翼《うよく》と左翼《さよく》の端《はし》には、連射能力の高い人を配置しました。マシンガンを持っている、あるいはアサルト・ライフルでも多弾数《ただんすう》マガジンを使っている人達です。

セインが、小声で実況《じっきょう》しながら歩きます。

「霧《きり》の中の緊張《きんちょう》が、かつてないほど高まってきました。十八人の勇者達は、今、いるかいないか分からない、ピンクの悪魔退治《あくまたいじ》へと向かうのです。これは、まるでSJ2のドーム内ジャングルのようですが、今回は通信アイテムが全て繋《つな》がっている、という違《ちが》いがあります！　あのときの彼等《かれら》は、お互《たが》いの連絡《れんらく》が上手《うま》くできず、虚《むな》しくも壊滅《かいめつ》してしまいました。というか、通信アイテムが敵とも繋《つな》げられるようになったのはいつから？　まあ、今それを悩《なや》んでも仕方がありませんが」

ちなみにセインは中央で十番。安全装置兼《けん》セレクターレバーを、《レ》の位置にした89式小銃《しょうじゅう》を腰《こし》に構えて、すなわちすぐにフルオートでぶっ放せる状態で、ジワリジワリと進みます。

「果たして、1億クレジットのピンクの悪魔《あくま》は出てくるのか……？　出てくるとしたら、いつ……、どこで……、そして……、何人？」

「イヤ待て、レンちゃんは二人以上出るのか？」

「すると、賞金も倍？」

「どうせなら十人出てきてほしい」

通信アイテムで実況《じっきょう》が聞こえているので、ついさっき仲間になった仲間達から、たくさんのコメントが届きます。

「コメントありがとう。〝いいね〟ボタンとチャンネル登録もよろしく」

「あんま笑かすな。ここからは静かに」

「了解《ヤヴォール》！」

「なんでドイツ語？」

「ロシア語でなんて言うか知らないからです！」

「納得《なっとく》したぜ」

セイン達は、進みました。

静かに、ゆっくりと。

始まりの地点となった森は既《すで》に抜《ぬ》け、周囲は爆風《ばくふう》で吹《ふ》っ飛《と》んで更地《さらち》になった住宅地。ひび割れた道路と、草のない土と、家の基礎《きそ》が広がる平らな場所です。

何人かがここでスタートでしたので、マップデータと目撃証言《もくげきしょうげん》があります。先ほどまでは、ここに家が幾《いく》つも建ち並んでいたと。

見える範囲《はんい》だけでも、それがまるでウソのようです。

たった一発でここまで吹《ふ》っ飛《と》ばしてくれるとは。どんだけ爆薬量《ばくやくりょう》を増やしたんでしょうか、DOOMの連中。

「このあたりのハズだ……」

誰《だれ》かの小声が、セインの耳にも届きました。ここは約1分前に、つまり13時40分のスキャンで、LPFMの反応があった場所です。

「一度全員停止。何か見えるか？　音は聞こえるか？　一切《いっさい》動かずに、瓦礫《がれき》の下などに隠《かく》れているかもしれない。疑わしいものを見た人だけは、小声で報告してくれ」

赤茶迷彩《あかちゃめいさい》の男がそう言って、静かな数秒が過ぎました。

セインも黙《だま》ったまま、見える範囲《はんい》で目をこらします。耳をすませます。

しかし、変わった物はありません。

家の土台、吹《ふ》っ飛《と》んだ木材、窓枠《まどわく》、煉瓦《れんが》の破片《はへん》、たぶん車だったであろう金属の欠片《かけら》、あと、金属製の箱みたいな何か。

「ん？　あれ、なんですかね？」

セインが言って、言ってから、アレがみんなに見えないので言い直します。

「僕の目の前、10メートルくらい先に、高さ1．5メートルくらいの、鈍《にぶ》い灰色の金属板を四枚囲って上に蓋《ふた》を載《の》せたようなものがあるんですけど……。家の部品？」

それは、まるで工業製品のように見えました。

妙《みょう》に綺《き》麗《れい》な金属板を組み合わせた、上が少しすぼまった、まるで塔《とう》か煙突《えんとつ》の天辺《てっぺん》のような形状。

左隣《ひだりどなり》にいた、つまり同じ物を見ることができているプレイヤーが、

「あれ、アメリカ風の大きな業務用ゴミ箱だろ。吹《ふ》っ飛《と》んで、逆さになっているから分かりにくいけど」

「なるほど。ゴミ箱っぽいですね。——ひとまず動いては、いないです」

セインが報告して、赤茶迷彩《あかちゃめいさい》の男が、

「よし、ゆっくり前進する。動くものがあったら、報告しつつ遠慮《えんりょ》なく撃《う》ちまくれ。どうせ復活する弾薬《だんやく》だ。派手に行こうぜ」

了解《りょうかい》。

心の中で呟《つぶや》いて、十九人が再び動き出しました。

庭の芝刈《しばか》りでもするかのような、ゆっくりした動きです。少し動いては、止まって、周囲の

音を聞いて、見渡《みわた》して、また動く。霧《きり》の中の風景は、あまり変わりません。

乳白色の空気の中から、いつ銃弾《じゅうだん》が飛んでくるか、あるいはピンクの悪魔《あくま》が突《つ》っ込《こ》んで来るか分からない、大変な緊張《きんちょう》を強《し》いられる行動です。

それでも数的優位が、1億クレジットがメッチャ欲《ほ》しい気持ちが、勇気となって背中を後押しします。

レンが——、もしいるとして、他のチームメイトとタッグを組んでいる可能性はありますが、今のセインのように、多数のグループを組んでいる可能性は低いでしょう。それより1億クレジットが欲《ほ》しい人がいるはずですから。

セインが10メートルを進み、さらに周囲を観察しました。

先ほどゴミ箱かと思った金属の物体には、目の前まで近づいて側面が見えるようになると、大きな文字のステンシル塗装《とそう》で、

『COMBUSTIBLES』

と上下逆さに描《えが》かれているのが、ほとんど消えかけていますが——、どうにか分かりました。

日本人にはあまり馴染《なじ》みのない長い綴《つづ》りの単語ですが、意味としては簡単です。〝燃えるごみ〟のことです。

なんだやっぱり、ゴミ箱！　なんとビックリ、ゴーロゴロ！

脳内でまで韻《いん》を踏《ふ》んだセインが、そのゴミ箱のすぐ脇《わき》をゆっくりと通《とお》り抜《ぬ》けようとして、死

にました。

「え？　ウソ？　なんで、ホワーイ？」

ゲームスタート前の黒い空間、すなわち待機所に飛ばされたことで、セインは自分がSJ5で戦死したことを理解しましたが、

「いやちょっと待ってよ！　本当になんでー？　ナンデ？　カンデ？　ホワイホワイ？」

理由が分かりません。

何がどうなって自分が死んだのか、セインにはまったく分かりませんでした。

GGOにおいて、通常、撃《う》たれればその衝撃《しょうげき》が体に伝わります。それが、人差し指一つ動かす余裕《よゆう》のない、致命傷《ちめいしょう》の部位への着弾《ちゃくだん》による完全な即死《そくし》であっても。

例えば額のど真ん中にライフル弾《だん》が着弾《ちゃくだん》すれば、強烈《きょうれつ》なデコピンを食らったくらいの擬似《ぎじ》的《てき》な痛みは食《く》らうのです。もちろんその痛みはすぐに消えますし、脳に響《ひび》いたりはしないのですが。

刺《さ》されたり爆死《ばくし》したりしても同じこと。何かしらの感覚は、ヴァーチャルな再現として、脳に伝わるのです。

しかし、今回セインは、そんな感覚が一切《いっさい》ありませんでした。体のどこにも。

自慢《じまん》じゃありませんが、SJのみならずGGOでは気持ちよく死にまくっているセイン。即《そく》死判定《しはんてい》は幾度《いくど》も経験しているからよく分かります。

つまり今回セインは、ヴァーチャルな痛みを感じる暇《ひま》もなく、まるでテレビのチャンネルが勝手に切《き》り替《か》わったかのように即死《そくし》して、SJ5のフィールドからここに飛ばされたことになります。

一体どんな死に方をすれば、そんなことになるんでしょう？

「オラは死んじまったぞー！　待機室に飛ばされたぞー！　でもどうやって死んだ？　なぜ死んだ？　この不思議な感覚は……、何？　ひょっとして恋《こい》……？　いや、違《ちが》う。違《ちが》うな。恋《こい》はもっとぶわーっとときめくもんな……」

死んでも自分の動画は撮《と》り続《つづ》けられるので、実況《じっきょう》を続けるセインです。

そして、すぐに気付きます。答えを簡単に知る方法があったと。

セインは腕《うで》を振《ふ》ってウィンドウを出してあちこちを押して、待機所の黒い壁《かべ》の中に、公式が撮《と》っているSJ5実況動画《じっきょうどうが》を出します。

空中に、大きく二つの画面が現れました。

左側は今のフィールド生中継《なまちゅうけい》。右側は、自分が死んだときのリプレイです。それぞれの画面右下に、【LIVE】と【REPLAY】の文字があります。

そしてセインは見ました。

左右の画面で、まったく偶然《ぐうぜん》ですがほぼ同時に、同じ光景が繰《く》り広《ひろ》げられるのを。つまり、生中継《なまちゅうけい》とリプレイが、偶然《ぐうぜん》でしょうがシンクロするのを。

「ああ……」

さっきの〝ゴミ箱〟の隙間《すきま》から、青白く細い光が勢いよく1メートルほど伸《の》びて、それはGGO世界におけるSF兵器である光剣、またはフォトンソードの刃《は》で——、

左の画面ではさっき一緒《いっしょ》に歩いていた仲間が、右の画面では自分が、その光の刃《やいば》に頭を両断されていました。

逆さにしたゴミ箱の底の金属板がスッと持ち上がって、その下から、板を上に載《の》せたピンク色の物体が迫《せ》り上《あ》がってきて、その隙間《すきま》から、光剣の光が猛烈《もうれつ》な速度で振《ふ》るわれたのです。

後頭部から両目にかけて、スッパリと切断です。

そうなると脳が真っ先に機能しなくなるので、ヴァーチャルな痛みを感じる暇《ひま》もありません。

これによって、ワープのような即死《そくし》になるのです。納得《なっとく》。凄《すご》く納得《なっとく》。

それを見たワンテンポ後に、

「あ、エウレカ!」

セインは見つけました。そして理解しました。

ピンクの物体はもちろん、あのピンクの悪魔《あくま》——、レン。

「みんな逃《に》げろ!　そのゴミ箱の中に!　いやゴミ箱じゃない何かに!　ヤツが隠《かく》れてる!

危ない！　デンジャラース！」

叫《さけ》んだセインの言葉は、もちろんフィールドにいる誰《だれ》にも届きません。


「三人目だあ！」

フカ次郎《じろう》が大声で叫《さけ》びながら、

「よっしゃ！」

レンを乗せて疾走《しっそう》します。

レンとフカ次郎《じろう》は、セイン達が〝ゴミ箱〟だと思った物体の中にいました。

四方を囲む板と上をカバーする板の中に、二人が入ったらかなりキッチリギリギリの、狭《せま》い空間にいました。

それはもちろんゴミ箱などではなく、強《し》いて名前を付けるとしたら、

「行くぜ！《プリティ・ミュー号》！」

「その名前で確定？　長い！　以後は《ＰＭ号》！」

「午後みたいに言うな！」

ＰＭ号でした。

フィールドを駆《か》けるPM号の仕組みは、こうです。

お金さえあれば誰《だれ》でも簡単に造れるので、今度GGOでトライしてみてください。

まずは軽い材質の、しかし頑丈《がんじょう》なパイプを用意します。

リアル世界だと、それはカーボンが最高ですが、GGO世界だともっと軽くてもっと頑丈《がんじょう》な謎物質《なぞぶっしつ》があるので、それを使いましょう。

そのパイプを上手に折り曲げて組み合わせて、まずは大きなゴミ箱状のフレームを造ります。

やたら硬《かた》い材質のハズなのに、加工コマンドを与《あた》えると楽に切れたり曲がったりするのがヴァーチャル世界の便利なところ。結合もまた然《しか》り。

こうして、ゴミ箱のフレームができました。こちらが完成したものになります。

ただ、この状態では、ただの大きなカゴです。ここからゴミ箱に仕上げていきましょう。

そのフレームの四面に、用意した防弾《ぼうだん》の板を、がっちりと張り付けます。

隙間《すきま》が出ないように、板の合わせ目は丁寧《ていねい》に角度を付けて加工しましょう。

板と板を頑丈《がんじょう》な、宇宙船にも使われる——、という設定の接着剤《せっちゃくざい》で接着して、フレームを構成するパイプには金具を使って装着します。

こうしてできたゴミ箱の底に、板を作製して設置します。

これは、接着しません。

底となっていますが、ひっくり返して使いますので、実際には〝蓋《ふた》〟です。

四隅《よすみ》に繋《つな》がったパイプによって、この蓋《ふた》は内側から、ズレて脇《わき》に落ちないように、そして音もなく、持ち上げることができます。

そしてフレームには、タイヤを、四つ付けます。カート用の小さなゴムタイヤですが、これによって——、

「そりゃ行けえ！」

中にいるフカ次郎《じろう》が全力で押すことによって、ＰＭ号は走るのと同じ程度の速度で移動できてしまうのです。

体力バカ——、もとい、大変に己《おのれ》を鍛《きた》え上《あ》げたフカ次郎《じろう》だからできること。

このタイヤにも、仕掛《しか》けがされています。

中にいるフカ次郎《じろう》の肩《かた》の位置に、二本のパイプが前後に走っています。フカ次郎《じろう》が普通《ふつう》に立つと、彼女の両肩《りようかた》がそのパイプを少し持ち上げます。

同時に、曲げたパイプとテコの原理で、ＰＭ号のタイヤがグッと下がって、ちょうど地面を捉《とら》える位置に来るようになっているのです。

しかし少しでもしゃがむと、タイヤも持ち上げられて、外側の板が地面に接地。まるでただのゴミ箱が逆さに置いてあるようにしか見えません。

このときは地面との間に隙間《すきま》がないので、弾丸《だんがん》が飛び込むこともありません。

レンは、その内部フレームに両足をかけていました。

つまり、乗っているだけという格好。操縦するフカ次郎《じろう》の後ろで、レンがおんぶされて重なっているような状態です。

「フカ！　左15度5メートル！　障害物なし！　全力！」

「あいよ！」

レンは蓋《ふた》にほんの少しだけ用意された隙間《すきま》から周囲を見て、何も見えないフカ次郎《じろう》に指示を出します。

内部の、フカ次郎《じろう》が見える場所には、角度を記した数字がありますので、そっちへと狙《ねら》いを向けて全力疾走《ぜんりょくしっそう》。

お命頂戴《いのちちょうだい》！

迫《せま》った相手のすぐ近くで、レンは蓋《ふた》を開けて、両手に持った光剣——、アイテムネーム《ムラマサF9》の刃《は》を両手から出して、

スパン。

胴体《どうたい》か首かを、スッパリと両断していくという、攻撃《こうげき》の役目を担《にな》います。

今また、一人の男がガンゲイルの神に召《め》されました。

これぞ、エムが考案し、提案し、材料を自費で集め、造るところまで引き受けた、二人の第

二武装のコンビネーション。

ピトフーイから借りた光剣、そして比較的《ひかくてき》軽量な車両のパイプはレンの第二武装としてフカ次郎《じろう》が持ちます。

やたらに重い装甲板《そうこうばん》は、可搬重量《かはんじゅうりょう》が大きいフカ次郎《じろう》の第二武装として、レンが持っていました。

二人の武装スイッチと同時に実体化させ、それを組み立てて使う、二人がいなければ成立しない、まさに友情の合同必殺技《ごうどうひっさつわざ》。

塵箱《ごみばこ》偽装《ぎそう》型《がた》二人乗人力走行装甲車両《そうこうしゃりょう》。

名前はＰＭ号。


四人目をぶっ殺した時点で、さすがに周囲の男達も、その〝ゴミ箱〟が敵である事には気付きました。

「アレに誰《だれ》かいる！　――右翼側《うよくがわ》に行ったぞ！」

赤茶迷彩《あかちゃめいさい》の男がそう言いながら、彼の前方左側から右へと移動する〝ゴミ箱〟へ、ＡＣ―５５６Ｆをフルオートで撃《う》ち始《はじ》めました。

霧《きり》の向こうや周囲にまだ味方がいる状態ですが、そんなことは言っていられません。流れ弾《ながだま》で被害《ひがい》が出ても、あらゴメンなすって、くらいの気持ちです。

そして放たれた銃弾《じゅうだん》を、全部弾《はじ》き返《かえ》しました。

カカカカン！

〝ゴミ箱〟は小気味いい音を立てながら、全部弾《はじ》き返《かえ》しました。


「なっ！」

さらに撃《う》ちまくる男へと、その〝ゴミ箱〟はくるりと踵《きびす》を返《かえ》し——、いえ、足は見えませんが百八十度回頭して、地面を這《は》うようにヌルヌルと近づいて来ます。

間違《まちが》いなく、撃《う》たれたことで位置がバレたのでしょう。

地面の僅《わず》かな凹凸《おうとつ》などものともせず、瓦礫《がれき》もすんなり乗《の》り越《こ》えて、音も立てずに迫《せま》るそれは、かなり気持ち悪いです。

「なっ！」

男は撃《う》ち続《つづ》けました。撃《う》って撃《う》って、でも全部をサラリと弾《はじ》き返《かえ》されて、30発マガジンが空になっても、そいつは迫《せま》って来《き》て、

「ああっ！」

急いでマガジン交換《こうかん》をしようと、それなりに素早《すばや》く手を動かしましたが、そのときにはもう目の前に〝ゴミ箱〟が迫《せま》っていました。

その蓋《ふた》が数センチ開いていて、

ていきました。

「やあ」

中から可愛《かわい》い声がしたかと思うと、青白い光の刃《は》が伸《の》びてきて、男をお腹《なか》から背中まで貫《つらぬ》いていきました。

「なんだありゃあ、ズルいぞ！　いや、別にズルくないけど！」

待機所でセインは見ました。見ていました。見させられました。

仲間達が次々に屠《ほふ》られて行く様子を。

「やっぱりズルいぞ！」

結託《けったく》チームの一人のプレイヤーは、手にしていた《レミントンＭ８７０》散弾銃《さんだんじゅう》を、これでもかと連射しました。

狩猟用《しゅりょうよう》として有名なＭ８７０ですが、彼の愛銃《あいじゅう》は延長マガジンチューブにアクセサリー用レール、ドット・サイトなどを装着したタクティカル仕様——、つまり戦闘用《せんとうよう》モデル。

ドカンと撃《う》っては、左手で先台を弾《ひ》いて撃《う》ち殻《がら》を排出《はいしゅつ》して、前に押し出して次弾《じだん》を装填《そうてん》するポンプアクションの銃《じゅう》です。撃《う》つ度《たび》に、左手が忙《いそが》しく動きます。

放たれた、弾《たま》が大きくて重いので、近距離《きんきょり》ではライフル弾《だん》に匹敵《ひってき》するほど威力《いりょく》を誇《ほこ》るスラッグ弾《だん》——、すなわち散弾銃用《さんだんじゅうよう》の１発弾《ぱつだん》は、全て〝それ〟に命中し、そして全て弾《はじ》かれていきました。

弾《たま》を食らっても、ぐらりともせずに滑《すべ》るように動く〝ゴミ箱〟は、彼の目の前10メートルほどを左から右へと、滑《すべ》るように移動しています。

今、その蓋《ふた》の隙間《すきま》から、青白い刃《は》を出しました。

そして、今日出会ったばかりの仲間の、そこで逃《に》げようとしていた男の胴体《どうたい》を両断。彼は、上半身と下半身の二つのパーツになって崩《くず》れ落《お》ちていきました。

「なんだありゃあ……」

仲間の死を悼《いた》むより、驚《おどろ》く方が先でした。

そして、その〝刃《は》を突《つ》き出《だ》すゴミ箱〟が自分に向かって迫《せま》って来《き》て、

「うわ来るな！」

死んだ仲間の番号を言う余裕《よゆう》も無く、全弾撃《ぜんだんう》ちきってしまったM870のチューブマガジンに必死に散弾《さんだん》を詰《つ》めていきますが、時既《ときすで》に遅《おそ》し。

持っている銃《じゅう》が撃《う》てないと分かっているので、近づく〝ゴミ箱〟の底が音もなくゆっくりと持ち上がって、中にいる人と目が合いました。

暗い中にピンクの帽子《ぼうし》がチラリと見えて、その下でギラギラとした目が自分を睨《にら》んでいました。

男はもう意味がなくなった再装塡《さいそうてん》の手を止めて、力なく呟《つぶや》くのです。

「ぴ、〝ピンクの悪魔《あくま》〟……」

「その名前やめてほしいんだけどなー」

可愛《かわい》い声で言いながら、そいつは彼の喉元《のどもと》に、容赦《ようしゃ》なく光剣をブッ刺《さ》してきました。

やっぱり悪魔《あくま》じゃねえか。

最後に言ってやりたかったのですが、喉《のど》が貫《つらぬ》かれているので言えませんでした。

少し前、

「右翼側《うよくがわ》！　何があった？」

十九番の男が、つまり隊列の左翼側《さよくがわ》にいた一人が通信アイテムに問いかけましたが、返事がありません。

混乱の叫《さけ》び声《ごえ》や断末魔《だんまつま》の悲鳴が通信アイテム越《ご》しにずっと聞こえていて、進行方向の右側、そして霧《きり》の向こうからは、撃《う》ちまくっている銃声《じゅうせい》が轟《とどろ》きます。

「何が起きてんだ……」

ここからでは、サッパリ分かりません。

せめてどうやって殺されているとか、敵がどんなだとか、その武器はなんだとか、死ぬ前に教えてくれればいいのですが。

いえ、教える余裕《よゆう》すらない事態なのかもしれません。

つまりは大変。

十八番が、

「なんでもいい！ 敵がいるのは間違《まちが》いない！ たぶん1億のピンクの悪魔《あくま》だ！ 行くぞ！

全員少し集まれ！」

「おう！」

こうして、十四から十九番の六人が、動き出しました。進んでいた角度を右に90度変更《へんこう》して、開けていた隊列を少しまとめて、一団となって移動を始めます。

「じゃあ、自分が先頭で！」

そう言ってくれたのは、十七番となったT―Sのメンバー。

「おお！ 頼《たの》む！」

防御力《ぼうぎょりょく》だけは自信のある彼なら、多少の被害《ひがい》を引き受けてくれるはず。

味方にするとメッチャ頼《たの》もしいな……。ウチのチームも、一人くらいあのアイテム装備させるかな……。

全員が思いました。

そして、そう思っているだろうなあと、T―Sの彼は思っていました。

この装備を全部拵《こしら》えるのに、マネーがすっごくかかってるんですけど、みんな出す気あるかなあとも。

こうして、腰《こし》の位置でH&K社製のレア銃、《GR9》5．56ミリ機関銃《きかんじゅう》を構えたSF兵士を先頭に、六人は縦一列に並びました。前のメンバーとの距離《きょり》は3メートルくらい。

特に決めてなかったのですが、前にいる仲間が右側に銃口《じゅうこう》を向けていれば、後ろの一人は左に向けてそちらを注目します。このへんはさすが、GGOプレイヤー。

現地まで走って向かいたいところなのですが、それではあまりに周囲の警戒《けいかい》がおろそかになるので、思いとどまります。霧《きり》の中から何が出てくるのか分かりませんし。

一団が、ギリギリ早歩き程度の速度で、時々聞こえる仲間の発砲音《はっぽうおん》だけを頼《たよ》りに向かう途中《とちゅう》、通信アイテム越《ご》しに耳に届く声。

「敵だあ！　なんか、その、よく分からない変な塊《かたまり》がいて――」

それで通信が途《と》切《ぎ》れました。

ああ、たぶん死にましたね。合掌《がっしょう》。あと、1億クレジットのチャンスはまだある。

5秒後、

「なんなんだ？　ピンクのチビじゃないぞ……」

別の誰《だれ》かの声と共に銃声《じゅうせい》が響《ひび》いて、

「これ！　箱みたいなヤツが――、ぐがっ！」

そして突然《とつぜん》止《や》みました。

ますます、いったい、何が起きているんだ……？

答えを知らない六人にとって、向かう先、濃《こ》い霧《きり》の中で起きていることは恐怖《きょうふ》でしかありません。

さっきのセインのゴミ箱の会話は聞いていますが、それが敵だとすぐに繋《つな》げられる人はいませんでした。

想像力が無駄《むだ》に働き、まるで巨大《きょだい》な化け物でも暴れているかと妄想《もうそう》が膨《ふく》らみます。

自然と上を見るようになってしまいます。瓦礫《がれき》に爪先《つまさき》を引っかけて、文字通り足を掬《すく》われそうになります。

「ぴ、〝ピンクの悪魔《あくま》〟……」

再び誰《だれ》かの声がしました。

それっきり、その声の主は沈黙《ちんもく》しました。

1億クレジットの悪魔《あくま》がいるのは、もはや間違《まちが》いないようです。

T―Sの彼を先頭に進む一団は――、

「新手が来た！　一度止まって！」

「ほいよ」

レンは霧《きり》の向こうにSF兵士の影《かげ》を見つけて、目の前で密接している運転手に、要するにフカ次郎《じろう》に命令しました。

「T―Sの人だ」

彼等《かれら》は他の人より図体《ずうたい》が大きく、そのシルエットが特殊《とくしゅ》なので、すぐに分かります。

フカ次郎《じろう》が足を止めて肩《かた》を下ろすと、タイヤは隠《かく》れてゴミ箱は安定します。

レンは頭を下げて、蓋《ふた》を下ろしました。ぴっちりと、1ミリの隙間《すきま》もなく閉まります。

これにて、どこからどう見ても、ただの怪《あや》しいゴミ箱がひっくり返っているだけにしか見えません。

身をかがめたレンは、そのとき目の位置に来るように開けられたほんの小さな穴から、外を見ます。

穴は四方に開けられているのですが、便利であると同時に、PM号の唯一《ゆいいつ》の弱点でもあります。

この覗《のぞ》き穴《あな》から、本当に偶然《ぐうぜん》に、それより小さな弾丸《だんがん》が飛び込んでくる可能性はゼロではありません。

でも、そのときは敵を褒《ほ》めてあげましょう。とんでもない幸運ですよ。

レンは、霧《きり》の中に一団を見ました。

「20メートル。ほぼ真《ま》っ直《す》ぐこっちに来る。先頭はT―Sのマシンガナー。後ろ3メートルから縦列。見えるのは三人だけど、たぶん結構いる」

何も見えないフカ次郎《じろう》に報告して、その彼女からの問い。

「ちと数が多そうだな。やり過ごすか？」

レンは瞬時《しゅんじ》に考え、答えを出します。

「もし、こっちの形が伝わっていると……、ヤバイ。プラズマ・グレネードだけは耐《た》えられない」

実際には伝わっていませんが、レンはそれを警戒《けいかい》しました。

通常のグレネードなら、PM号は頑丈《がんじょう》ですので、爆風《ばくふう》で吹《ふ》っ飛《と》ばされるだけです。それは中にいる二人はそれなりに大変ですが、一発即死《いっぱつそくし》は防げます。

これは、PM号が完成した後の合同演習で、防弾《ぼうだん》テストと称《しょう》してピトフーイからグレネードを散々投げられた事で実証済みです。数メートル吹《ふ》っ飛《と》ばされもしました。中で頭をぶつけまくりました。あのときは痛かった。

これがプラズマ・グレネードだと、話は別。

PM号の外壁《がいへき》は、ご存知エムの盾《たて》と同じ宇宙船の外板――、という設定の最強物質を使っていますが、プラズマ奔流《ほんりゅう》はそれすらジワジワと溶《と》かしてきます。

すぐに溶《と》けるわけではありませんが、グレネードの爆発位置《ばくはついち》によっては、一撃《いちげき》で外壁《がいへき》がやられてしまう可能性があります。

「今から動くのは得策じゃあ、ねーな」

フカ次郎《じろう》が言いました。

さすがにバレるでしょう。ゴミ箱が、スルスルと動いていたら。

「アレをやる……」

レンが言って、

「そうか、アレか……。どれだ？」

「説明したでしょ！　もし周囲を囲まれたら、わたしが飛び出すからフカはここで動かないで、って」

「ああ、そんな話もしたっけな。四年前だったか」

「先日じゃ！」

まったくフカ次郎《じろう》は、と思いつつ、レンは迫《せま》る敵を見ました。

先頭のT―Sは、もう姿がハッキリ分かる15メートルほどの距離《きょり》にいて、こっちが見えているはず。

もっと近づいて来て、こっちに気付いた素振《そぶ》りをしたら、レンは蓋《ふた》をふっ飛ばしつつ立ち上がって、両手の光剣で斬《き》り込《こ》み殴《なぐ》り込《こ》みです。

レンの高速と両手の光剣だけが武器の、必殺技《ひっさつわざ》。

「やっちゃる……」

「おう、やれ、抜刀隊《ばっとうたい》。田原坂《たばるざか》の戦いを、昨日の事のように思い出すな……」

「どこ?」

「熊本じゃ。西南戦争じゃよ」

「時々歴史に妙《みょう》に詳《くわ》しいフカって、なんなの?」

「さあてな」

「これで死んだら、フカだけでも生き残ってね……」

「止《や》めろよ相棒、そういう話は……。何があっても、死ぬなよ。だって、1億をもらうのは、オイラだぜ?」

「言うと思った」


「なんだあれ?」

一団の先頭を進むT—Sの彼は、見ました。

霧《きり》の中に佇《たたず》む、ゴミ箱を。距離《きょり》は、10メートルほど。

「全員停止」

後方にそう命じて、彼は立ったままで、腰《こし》に保持したマシンガンの銃口《じゅうこう》をゴミ箱に向けました。

見たところ、たぶんゴミ箱でしょう。消えかけていますが、〝燃えるゴミ〟とも書いてあります。ひっくり返っているのも、爆風《ばくふう》で吹《ふ》っ飛《と》ばされたとしてはおかしくありません。

でも、何か妙《みょう》です。

妙《みょう》なのです。彼のカンが、そう告げているのです。

「あ！」

そのカンが何か分かりました。

被弾《ひだん》した跡《あと》が見えるのです。ゴミ箱なのに。そして貫《つらぬ》かれていないのです。分厚い鉄板を標的にすると、弾丸《だんがん》がそこで砕《くだ》けて黒いシミのようになりますが、それがたくさん付いているのです。

なので――、

「変なゴミ箱がある。とりあえず、撃《う》ってみる。それ以外から反応があったら、反撃《はんげき》して欲しい」

後ろの男達から、

「了解《りょうかい》」

「了《りょう》」

「りょ」

「おっけ」

などなどの声が戻《もど》ってきました。

T—Sの彼が、GR9引き金に指をかけました。

次の瞬間《しゅんかん》——、

がきん！

彼のヘルメットの左こめかみから火花が散りました。被弾《ひだん》です。

「ぐっ！」

でも、これだけで彼は死にません。

避弾経始《ひだんけいし》——、すなわち〝銃弾《じゅうだん》などを逸《そ》らすこと〟に長《た》けた球形のヘルメットは、高速ライフル弾《だん》を弾《はじ》き返《かえ》します。そして首回りのサポートが、その衝撃《しょうげき》を和《やわ》らげます。中の人は、ちょっと首が痛いだけです。

続いて、バレット・ラインが進行方向左前方の霧《きり》の中から、実に十本以上、自分と自分達に伸《の》びてきて、

「左斜め前《ひだりななまえ》！　敵だ！　たくさんいるぞ！」

彼はラインの根本に向かって、GR9をフルオートで連射しました。

ゴミ箱は、ひとまず後回しでです。

突然《とつぜん》に騒《さわ》がしくなった世界で、

「ナニが、起きとんじゃ？」

周囲が見えないフカ次郎《じろう》が訊《たず》ねました。

「ラッキー！」

穴から見ていたレンが答えます。

「T―Sに撃《う》たれる直前、T―Sが撃《う》たれた！」


それまでもなかなかの混乱っぷりだった世界が、さらにカオス度を増しました。

レンに迫《せま》っていた一団とは別に、タッグを組んでこの場所に急行していた数人の一団がいたのです。

もちろん彼等《かれら》の中に、LPFMを始めとするチームの仲間は皆無《かいむ》。

いるわけはありません。ただし、さっきレンに殺されたメンツの仲間達はいました。お揃《そろ》いの迷彩服《めいさいふく》で分かります。ただし、彼等自身《かれらじしん》はそれに気付いていません。

そして、お金に目が眩《くら》んで周囲が見えなくなった――、もとい、稼《かせ》げるときに着実に稼《かせ》ごうとする堅実《けんじつ》なヤツらばかりです。

彼等《かれら》の不幸は、撃《う》ち合《あ》いが始まる前に、話しかけなかったことでした。

「外は、なんか凄《すご》いことになってる」

「音だけは聞こえるよ」

レンだけが見ている世界で、次々に人が死んでいきました。

最初に撃《う》たれたT―Sのマシンガナーは、腰《こし》に構えた機《き》関銃《かんじゅう》を派手に撃《う》って撃《う》って撃《う》ちまくっていましたが、そして命中した銃弾《じゅうだん》を何発も弾《はじ》き返《かえ》していましたが、そこに投げられた大型グレネードの炸裂《さくれつ》で宙に舞《ま》いました。

防御力《ぼうぎょりょく》が高くても、さすがに股《また》の間《あいだ》で炸裂《さくれつ》した勢いは防ぎ切れず、2メートルほど上空を移動して、頭から叩《たた》き付《つ》けられて、【Dead】のタグを煌《きら》めかせました。首の骨を折ったと認《にん》定《てい》されたのでしょう。ある意味不運です。

そして、彼の後ろにいた男達は、

「くそっ！　やっちまえ！」

「おうよ！」

「食らいやがれ！」

ほんの僅《わず》かな時間だけとはいえ仲間だった男の、弔《とむら》い合戦《がっせん》を始めました。

つまり、撃《う》ってきた方へ全力で応射――、撃《う》ち返《かえ》したのです。よせばいいのに。

当然向こうは、敵がたくさんいると思ってさらに撃《う》ってきます。霧《きり》で誰《だれ》がいるかは分かりませんが、バレット・ラインとマズル・フラッシュを頼《たよ》りに。

レンとフカ次郎《じろう》が隠《かく》れるゴミ箱の隣《となり》で、嵐《あらし》のように銃弾《じゅうだん》が飛《と》び交《か》いました。ついでにバレット・ラインも。

ど派手な花火大会の始まりです。

数人vs数人の本気バトル。発砲音《はっぽうおん》が乱れ飛んで、世界を騒々《そうぞう》しく変えていきます。

時々、流《なが》れ弾《だま》が、
ガコン！

PM号に命中して、車体を揺《ゆ》らし、中の二人の耳朶《じだ》を打ちます。

「さっきから思っていたけどさ、これ、撃《う》たれたときメッチャうるさいな」

「エムさんの盾《たて》もそうだって話だよ」

「改良が必要だ」

「どうやって？ 防音材でも張る？」

「この狭《せま》さじゃ無理か……。せめて車内にクラシック音楽でも流すか。または神崎《かんざき》エルザ」

「うーん」

「本人の許可取るか？」

「いや、それは要《い》らないと思う」

フカ次郎《じろう》とレンが、呑気《のんき》に会話をしている間も、外の世界でのヴァーチャルな殺し合いは続きました。

レンが穴を覗《のぞ》くと、15メートルほど向こうで、一人の男が匍匐前進《ほふくぜんしん》をしていました。撃《う》たれないように身を低くして、視界左手の敵の側に迫《せま》ろうという作戦です。

彼の手には、先ほどT―Sを吹《ふ》っ飛《と》ばした、収束手榴弾《しゅうそくしゅりゅうだん》が握《にぎ》られていました。

これは、その外見から〝ポテトマッシャー〟と呼ばれるドイツ製の柄《え》付き手榴弾《しゅりゅうだん》の、爆発《ばくはつ》する部分だけを縛《しば》り付《つ》けて増やしたもの。

爆発力《ばくはつりょく》マシマシなので、車両なども吹《ふ》っ飛《と》ばす力があります。アレを食らったら、PM号もちょっと危ないです。

お願いだから、それはこっちに投げるな！

レンの願いが通じたのか、男は突然《とつぜん》立ち上がると、全身を使って力一杯《ちからいっぱい》投げつけました。

霧《きり》の向こうへ。

ツーテンポ遅《おく》れて爆発《ばくはつ》が起きて、

「ぎゃふっ！」

爆発音《ばくはつおん》に混じって悲鳴が聞こえ、霧《きり》の中で赤い被弾《ひだん》エフェクトが煌《きら》めきました。どなたかが、天に召《め》されたようです。

「よっしゃ！」

決死の投擲《とうてき》に大成功してガッツポーズを取った男の頭を、銃弾《じゅうだん》が貫《つらぬ》いていきました。

「畜生《ちくしよう》！　アイツら普通《ふつう》のプレイヤーだな」

「ピンクのチビはどこだよ！」

二人の男が、遮蔽物《しやへいぶつ》に身を隠《かく》しながら会話をしています。

ここだよ。

レンは思いましたが、言えませんでした。

なぜなら二人の男達は、自分達が隠《かく》れているゴミ箱——、ではなく、ＰＭ号を楯《たて》にしているからです。

ちょうどいい大きさのゴミ箱があって、それがなぜかは知らないが銃弾《じゆうだん》を防いでくれるようなので、男達はその手前にベッタリと伏《ふ》せています。

そして、アサルト・ライフルで霧《きり》の中へ応戦しているのです。

右側にＭ４Ａ１を突《つ》き出《だ》して撃《う》っているのは、警察の特殊部隊《とくしゆぶたい》っぽい、濃紺《のうこん》の迷彩服《めいさいふく》の男。

左側では、《ブッシュマスター　ＡＣＲ》を構えた、米軍スタイルの砂《さ》漠迷彩《ばくめいさい》に身を包んだ男。

霧《きり》の向こうへフルオートで撃《う》ちまくって、でも当たったか分からず、しばらくしたら向こうから同じくフルオートで撃《う》ち返《かえ》されます。

頭を下げてＰＭ号の陰《かげ》にいなければ、二人の男達はとっくに死んでいました。

位置を摑《つか》んだらしい敵の、猛烈《もうれつ》な反撃《はんげき》が始まりました。フルオート射撃《しやげき》です。

先ほどまでの十倍ほどの弾《たま》を連続で食らって、当然ですが、撃《う》たれるPM号の中は大騒《おおさわ》ぎです。鐘《かね》を鳴らすような音が、狭《せま》い中に引っ切りなしに反響《はんきょう》します。

ああうるさい！

GGO内でなければ、鼓膜《こまく》が破れていたことでしょう。

レンは頭を抱《かか》えながら、さすがに今飛び出すわけにもいかず、縮こまっていました。

あと何人、周囲に敵がいるのか分かりません。すでに、だいぶやられたとは思うのですが。

腕時計《うでどけい》を見ると、13時48分過ぎ。

「くっそう！」

砂漠迷彩《さばくめいさい》の男が、ACRの弾倉《だんそう》を交換《こうかん》しながら前を見て、バレット・ラインの位置へ数発撃《う》ち返《かえ》しました。

でも、敵だってずっとそこにいるわけはありません。まるで手応えのない射撃《しゃげき》でした。

そのときです。

「おい待て！　そこにいるのはハッシュか？　ACRの音がするぞ！」

霧《きり》の向こうに、なかなかに鍛《きた》えられた変態さんがいたようです。銃声《じゅうせい》だけで、銃《じゅう》まで当ててきました。

「お？」

ハッシュと呼ばれた男が、撃《う》てる状態の銃《じゅう》を撃《う》たずに、急に静かになった世界で、

「おい！　ちょ、その声！　デーンか？」

仲間の名前を大声で呼びました。

「そうだ！　やっぱハッシュかよ！　マジか！　撃《う》つなよ！　撃《う》つな！　こっちはもう、俺だけだ！」

「分かった！　こっちも二人しか残ってない！　撃《う》っていた方角に真《ま》っ直《す》ぐ来い！　変なゴミ箱の前にいる！」

ハッシュはデーンを呼んで、同時に隣《となり》にいたM４A1使いに、笑顔《えがお》を向けました。

「よう相棒。アイツはチームメイトだ。ひとまず、今ここで死ぬことはなくなったぜ」

「ああ、安心した」

「ただ、俺とチームメイトは、だ。ワリーな、相棒」

ばらら！

ハッシュは、すぐ近くにいた男にACRの銃口《じゅうこう》を向けて、3発だけ撃《う》ちました。

心臓を立て続けに射貫《いぬ》かれたM４A1使いの男は、

「おのれえええええ！　化けて出てやるぞーー！」

そう言い残しながら、SJ5から退場していきました。

「すまんなー、成仏《じょうぶつ》してくれや。ナンマイダナンマイダ」

片手合掌《かたてがっしょう》で祈《いの》る男の前で、殺された男の上に【Dead】タグがピコンと出た直後、

「おう、そこか！　今行く！」

　その言葉と共に、霧《きり》の中から、同じ砂漠迷彩《さばくめいさい》の男が小走りでやって来ました。仲良しペアルックでなければ、同じチームでしょう。

　さっきデーンと呼ばれた男の抱《かか》えている武器は、《M249》。あるいは《ミニミ軽機関銃《けいきかんじゅう》》。

　ミニミには種類が、実銃《じつじゅう》でもGGO内でもたくさんありすぎるのですが、デーンの愛銃《あいじゅう》は〝素〟のタイプ。

　つまり一番シンプルな、そしてアイテムとしての値段が一番安い、ミニミの最初期モデルです。

　性能としては一番落ちるモデルですが、素っ気ない鉄パイプのストックが好き、という人は結構多いのです。

　銃《じゅう》は、全て最新であればいいというわけではなく、あえて古いのを選ぶ、その時代の空気感が好きな人は、意外と多いのです。

　さっきまで散々撃《う》ちまくっていたので、ミニミの銃身《じゅうしん》からは、白い煙《けむり》が昇《のぼ》っています。肉とか押しつけたら、けっこういい感じに焼けそうです。

「チームの他の連中は？」

　ゴミ箱の脇《わき》にしゃがんだデーンが、ミニミの銃身交換《じゅうしんこうかん》を始めつつ訊《たず》ねて、ハッシュが周囲を警戒《けいかい》しながら答えます。

「いや、会えたのはまだお前だけだ。オレは、森で実況《じっきょう》プレイヤーと組んで、二十人弱のチームになって、この辺にいるピンクの賞金首を狙《ねら》っていたんだ。でも、よく分からないまま、みんなやられちまった……。お前達、じゃないよな？」

デーンは銃身《じゅうしん》を取り付けながら、横に振《ふ》りました。

「俺達も、にわかチームを北側の高速道路の上で結成して、やっぱりスキャンで来たんだが……、途中《とちゅう》から銃撃戦《じゅうげきせん》の音が聞こえて、遠巻きに様子見ていて——、落ち着いたかと思って近づいていったんだ。ピンクのチビは見てない。ああ、くそう、それなら、戦う必要無かったなあ」

「まあいいさ。オレ達がこうして生き残っただけで万々歳《ばんばんざい》だ。ヒットポイントは？」

「少し食らったが、まあまだ八割はある」

「わりーな。それ、オレの弾《たま》かもしれんな」

「今日だけは許す」

そう笑顔《えがお》で答えたデーンの頭が、コロンと落ちました。

その瞬間《しゅんかん》を見ていなかったハッシュですが、自分の足元に仲間の頭が転がってきたことに気付いて、

「うげっ！」

驚《おどろ》いて顔を上げたとき、見えたのは、自分めがけて振《ふ》るわれる青白い刃《は》だけでした。

13時48分になって、

「ボス！　もういいよ！　出てきて！」

10分近く、狭《せま》い地下室の階段に潜《ひそ》んでいたボスが、レンのその言葉を聞いて、

「おう」

ヒョッコリと現れました。

すると、ほんの少しだけ濃度《のうど》が薄《うす》くなった霧《きり》の中で、【Ｄｅａｄ】のタグがあちこちで光っているのが見えました。

「おうおう、鏖殺《おうさつ》だな」

思わず呟《つぶや》いたボスに、

「ラッパーだな」

フカ次郎《じろう》の声が戻《もど》ってきました。

「あ、いたいた。右前15度」

レンの声が聞こえ、

「なんだ？」

そして、変なゴミ箱が近づいてくるのが見えました。

危《あや》うく、撃《う》ってしまうところでした。

「なんというか、凄《すご》いなこれは……」

ボスが、ＰＭ号を見ながら、呆《あき》れつつ感動します。

確かに見た目はゴミ箱なのですが、弾丸《だんがん》を防いだ黒い跡《あと》を何十個もつけたゴミ箱など、世界にこれ一つでしょう。ヴァーチャル世界ですが。

蓋《ふた》が上に押し開かれ、レンの頭が出てきました。

レンは手で蓋《ふた》を持ち上げて、やがて外して、ひとまず外にポイと放り出します。

レンが小さな体を、

「はっ！」

ジャンプさせてゴミ箱の外へとひるがえしました。美しいポーズで着地も決めました。これは高得点が期待できます。

続いて、

「ふう、やっと外だぜ」

フカ次郎《じろう》が冬ごもり明けのタヌキみたいに出てきて、

「よっしゃ、マイカーをしまうか」

DEAD

「そうだね」

フカ次郎《じろう》とレンが、左腕《ひだりうで》を振《ふ》ってウィンドウ操作。

装備のスイッチを選択《せんたく》すると、ゴミ箱、ではなくPM号は消えて、代わりにレンとフカ次郎《じろう》のメイン武装が実体化しました。

レンは、ヴォーパル・バニーではなくP90です。フカ次郎《じろう》はもちろん、2丁のMGL—140、リボルビング式、6連発グレネード・ランチャー。

そのとき、レンの左腕《ひだりうで》の腕時計《うでどけい》が震《ふる》えて、13時50分のスキャンまであと30秒だと教えてくれました。

「五回目スキャン、ここで見る？」

「そうだな。ひとまず周囲に敵はいないだろう。二人が皆殺《みなごろ》しにしてくれたおかげで。ただ、地下室に体を引っ込めておくか。念のため」

ボスが答えて、

「了解《りょうかい》」

「オッケ」

こうして三人は、

「おいおい、せめーな。ボス、おめえのケツがデカい」

「悪いね。でも、二人がちっこいから助かる」

「えへへ、それほどでも」

狭《せま》い地下室に身を寄せて、五回目のスキャンを待ちました。

SECT.7

第七章　それまでのみんな

第七章「それまでのみんな」

時間は、少し――、いえ、だいぶ戻《もど》ります。

レンとの通信が切れた、最初のスキャンの時、13時10分。

チームメイト達は、それぞれの行動を始めました。

ピトフーイですが、

「さーて」

ウィンドウ操作をして、今いる場所――、巨木《きょぼく》の根本にシダ植物が茂《しげ》った森に相応《ふさわ》しい迷彩《めいさい》ポンチョを実体化しました。

ポンチョといっても、材質はナイロンなどではなく、じゃあ何かと聞かれると困るGGO特性の謎《なぞ》の物質です。

着ているのを忘れるくらい軽い、しなやかに動くのでバサバサカサカサと音を立てない、というメリットがあります。

さらにお金をかけることで、自由に迷彩色《めいさいしょく》を変更《へんこう》できるカメレオンのような機能や、暗視装置を欺瞞《ぎまん》させることができる機能などを付加できますので、ピトフーイは当然のように全部やっています。やらない理由がない。ワイはリアルワールドでは売れっ子シンガーや。金ならあるんや。

ピトフーイは頭からそれをスッポリと被《かぶ》ると、KTR—09アサルト・ライフルも隠《かく》して、辺りをキョロキョロと探《さぐ》ります。

深い霧《きり》の中、10メートルほどの間隔《かんかく》で生える巨木《きょぼく》に素早《すばや》く目を走らせ、何かを探しています。

やがて、

「めっけた」

斜《なな》め前《まえ》、15メートルほど離《はな》れた場所にあった、一本の木に近づいていきました。

その木は、他の木と同じような外見と高さと、そして3メートル近い太さをしていますが、一箇所《いっかしょ》だけ違《ちが》うところがあります。

それは幹の基部に、縦横1．5メートル以上、奥行《おくゆ》き2メートルはある大きな穴が開いていること。いわゆる〝虚《うろ》〟というやつです。

ピトフーイは知っていました。

これらの巨木《きょぼく》は、マップ制作の面倒《めんどう》を避《さ》けるために、基本的にはオブジェクトデータの使い回しで造られています。

しかし、見えるオブジェクトが全てコピー&ペーストばかりだと、プレイヤーが白けます。

運営にクレームが来ます。

なので、時々違《ちが》ったデザインが紛《まぎ》れているのです。本当に、時々、数にすれば少しですが。

巨木《きょぼく》の場合はそれが、幹に大きな虚《うろ》がある木なのです。

GGOを遊び込んだ、そして観察眼の優《すぐ》れたピトフーイは、そのことを忘れていませんでした。

「よいしょっと」

わざとらしく声を出しながら、ピトフーイはその虚《うろ》にお尻《しり》から入り込みました。

身につけた装備、左腰《ひだりこし》の《M870ブリーチャー》短縮ショットガンがちょっと邪魔《じゃま》だったので、それだけは鞘《さや》ごと実体化を解いてストレージにしまいました。

それ以外は、KTR—09も含《ふく》めてスッポリと収まりました。

「あら快適」

巨木《きょぼく》の虚《うろ》の中は、リアルならネッチャリと湿《しめ》っていたり、得体の知れないキノコが生えていたり、脚《あし》がありすぎる虫がウジャウジャいたりしたでしょうけど、GGOはリアルをウリにしているといえども、そこまでは再現していません。

人が入るとほどよい堅《かた》さの壁《かべ》に囲まれています。人がホンワカと寄りかかって身を隠《かく》せる、とても快適な隠《かく》れ家《が》でした。

「あー、快適」

身をくるむ迷彩《めいさい》ポンチョのおかげで、虚《うろ》の奥にいるピトフーイなど、しっかりと覗《のぞ》き込《こ》まない限りは見えません。あるいはライトを照射するか。

そして、もし誰《だれ》かが覗《のぞ》き込《こ》んできた時には、次の瞬間《しゅんかん》に、光剣で喉《のど》や脳をザックリと刺《さ》されていることでしょう。

レンに2振《ふ》り貸したとはいえ、ピトフーイだってムラマサF9を3振《ふ》り持っています。追加分は、SJ5の直前に買いました。さっきも言うたが、金ならあるんや。

こうして、13時10分からしばらくの間、ノンビリと目を閉じ、ほとんど昼寝《ひるね》状態で時間を過ごしたピトフーイですが、セイン達の結託《けったく》チームに起こされることになりました。

遠くからかすかに人を集める声が聞こえ、しばらくして、近くに足音が。

しょうがないから警戒《けいかい》したピトフーイですが、彼女だって、なかなかの強運の持ち主です。自分が隠《かく》れている木の脇《わき》で、セインに呼ばれて導かれたプレイヤーが二人、偶然《ぐうぜん》合流することになったのです。

ピトフーイには見えませんが、二人はどうやら霧《きり》の中でお互《たが》いを認識《にんしき》し、

「お、アンタも実況《じっきょう》プレイヤーと組むか？　なら、とりあえず休戦な」

「オッケー。俺だって1億欲《ほ》しい。ここで殺し合う意味はない」

そんな会話と共に、肩《かた》を並べて歩き出しました。

虚《うろ》の奥から見える狭《せま》い景色の中に、二人の背中が入りました。

チャーンス。

ピトフーイ、ゆっくりと動き出しました。

二人を霧《きり》の中で見失わないように距離《きょり》を取って、なおかつ別のキャラに見つからないよう、後ろに周囲に気を配りながら、付いていきました。

そして、セイン達の集団がかすかに見える場所で、会話を盗《ぬす》み聞《ぎ》きしたのです。

それから十数分後。

再び見つけた木の虚《うろ》でノンビリしていたピトフーイは、本当に遠くから聞こえていたかすかな銃撃音《じゅうげきおん》が突然《とつぜん》止《や》んだことで、

「お、レンちゃん達、皆殺《みなごろ》ししたみたいね」

チームメイトの勝利を疑いませんでした。

時計を見ると、13時50分。

＊　＊　＊

13時10分。

とにかく平らな、白い砂漠《さばく》のような、固《かた》く締《し》まった雪原でゲームをスタートしたシャーリー

ですが、

「さて……、殺《や》るか」

その少し前に通信アイテムで言った通り、長靴《ながぐつ》のようなブーツを履《は》いた足には、スキーを装着していました。

リアルで狩猟《しゅりょう》にも使っている《山スキー》、あるいは《ゾンメルスキー》。

アザラシの皮がスキー板の底に張ってあるので、前にはよく滑《すべ》るけど後ろにはほとんど滑《すべ》らない、そのまま足を前後させて斜面《しゃめん》を登っていけるというスキーです。

SJ2でピトフーイに一撃《いちげき》を食らわせるために大活躍《だいかつやく》し、先日のファイブ・オーディールズでは、雪原のビルを自爆《じばく》で倒壊《とうかい》させる殊勲《しゅくん》を可能にしてくれました。

そして、レンのによく似た、白色に灰色の斑《まだら》をつけた雪原迷彩《せつげんめいさい》ポンチョを羽織ります。

愛銃《あいじゅう》の狙撃銃《そげきじゅう》、R93タクティカル2は長めに伸《の》ばしたスリングを首と右肩《みぎかた》の後ろに回し、ポンチョの上から体の前に提《さ》げました。銃口《じゅうこう》を下にして、グリップが右脇腹《みぎわきばら》の前あたりです。

背負った方が体の動きは楽なのですが、この方がとっさに反応、そして射撃《しゃげき》しやすいからです。持ち上げて肩《かた》にストックを押しつけて、ワンアクションで発砲《はっぽう》できます。

もちろん、命中すると弾頭内《だんとうない》の火薬が爆発《ばくはつ》する、一撃必殺《いちげきひっさつ》の炸裂弾《さくれつだん》は装填《そうてん》済みです。薬室に1発。弾倉《だんそう》に5発です。

安全装置は、実銃《じつじゅう》の所持許可者として、気持ち的には必ずかけておきたいのですが――、これは狩猟《しゅりょう》ではなく戦闘《せんとう》、リアルではなくゲーム、割り切ってオフにしました。


リアルとGGOで、彼女の銃《じゅう》の扱《あつか》いが違《ちが》うところが、もう一点。

それは、銃口《じゅうこう》にテープを貼《は》るか貼《は》らないか。

シャーリーのリアルの中の人、霧島舞《きりしままい》は、主に雪中で狩猟《しゅりょう》をしています。北海道でエゾシカ狙《ねら》いなので、夏場の害獣駆除《がいじゅうくじょ》はさておき、冬場の猟期《りょうき》は、ほとんどが雪の中だからです。

そのときに使っている、日本で所持許可を得た実銃《じつじゅう》《R93》は、銃口《じゅうこう》に必ずテープを貼《は》っています。

種類は、指で簡単に千切れるように、マスキングテープ。幅広《はばひろ》のそれを、銃口《じゅうこう》を完全に覆《おお》うように貼《は》り付《つ》けます。

その目的は、銃口内《じゅうこうない》に異物が入らないようにするため。異物は土の可能性もあるのですが、主に雪です。

森の中を進んでいるとき、枝からドカドカと雪が落ちてくることは、大変によくあることです。

それが頭に積もるくらいならいいのですが、銃口《じゅうこう》を上に背負っているライフルに落ちるとこれが大変。

あるいは銃口《じゆうこう》を下にして背負っているとき、雪原に銃口《じゆうこう》を突《つ》っ込《こ》んでしまい、中に雪が入り込むことも。

柔《やわ》らかい雪が少々入った程度なら、そのまま撃《う》ってもいいでしょう。しかし、気付かぬまま雪が銃身《じゆうしん》の中で溶《と》けて、氷になっていたら大変です。

銃身内部《じゆうしんないぶ》の異物は、命中精度に影響《えいきよう》を与《あた》えますし、最悪の場合、発砲《はつぽう》の圧力が高まりすぎて、銃身破裂《じゆうしんはれつ》なんて事故にも繋《つな》がります。

だからテープ。マスキングテープを、銃口《じゆうこう》に、割としっかりと貼《は》ってしまいます。

撃《う》つときはどうするのか？　いちいち剝《は》がすのか？

いえ、山歩き中に獲物《えもの》を見つけたら即座《そくざ》に構えて撃《う》たないと逃《に》げられます。テープを貼《は》ったまま、撃《う》ってしまいます。

テープ程度の力など、銃弾《じゆうだん》や発射ガスの前には、あってないようなもの。発砲《はつぽう》と同時にテープは吹《ふ》っ飛《と》んでいき、そして銃弾《じゆうだん》の命中精度には、なんら問題はありません。

強《し》いて問題があるとしたら、吹《ふ》っ飛《と》んだテープの回収がほぼ不可能で、毎回大自然の中にゴミを散らかすことになることでしょうか。

もちろん、射撃後《しやげきご》は新しく貼《は》り直《なお》します。だからポケットに、マスキングテープを一巻き入れておくのです。

ＧＧＯを遊び始めた頃《ころ》、シャーリーや仲間の《北の国ハンタークラブ》の面々は、この世界では銃口《じゅうこう》テープをどうするか、真面目に議論しました。

そして、

「メンドクセエ」

ということになって今に至ります。

閑話《かんわ》休題《きゅうだい》。

シャーリーはストックを両手に持って、

「さあて、どっちに行くかな?」

そう呟《つぶや》いた次の瞬間《しゅんかん》、駆《か》け出《だ》していました。

どっちでもよかったのです。

どうせどっちに行っても、そこには誰《だれ》か、敵がいるはずですから。

スキーで気持ちよく高速移動しながら、見つけ次第《しだい》、愛銃《あいじゅう》をぶっ放して屠《ほふ》っていく。今のシャーリーに、それ以外、やることはありません。

周囲も上も深い霧《きり》に包まれ、足元は雪原。見える範囲《はんい》全てがどんよりと白い世界で、シャーリーは、全力で駆《か》けました。

それは当然ですが、スキーは普通《ふつう》の足で走るよりずっと楽に雪原を進めます。視界の中で、雪面が気持ちのいい速度で、すうっ、すうっ、すうっ、っと流れていきます。

そして、スキーのもう一つの、そしてこの状態では恐《おそ》ろしい特徴《とくちょう》は――、
ああ、そこにいたか。

走るのに比べて、立てる音が小さいということ。

かすかな摩《ま》擦音《さつおん》を、そいつは、死ぬまで気付くことができませんでした。

シャーリーは、ゲームスタート地点から僅《わず》か300メートルほど進んだだけで、一人のキャラクターを発見しました。

こっちを振《ふ》り向《む》きもしない様子の、雪原ではよく目立つ濃緑《のうりょく》の迷彩服《めいさいふく》の男。何をしていいのか分からず、ただ突《つ》っ立《た》っていた男。

シャーリーは滑《すべ》りながらR93タクティカル2を持ち上げて、その大きなマズルブレーキが付いた銃口《じゅうこう》を、彼に向けました。

移動しながらの一撃《いちげき》、つまりランニングスナップショットは、シャーリーの十八番《おはこ》。

しかも距離《きょり》は15メートルほど。

外す方が難しい距離《きょり》です。もしこれがテーブルトークRPGなら、サイコロを振《ふ》らなくても命中判定です。

雪原に発射の爆音《ばくおん》が生まれ、背中に炸裂弾《さくれつだん》を食らった男が、爆発音《ばくはつおん》と共に、衝撃《しょうげき》で前へと吹《ふ》っ飛《と》ばされていきました。

【Dead】のタグなど確認《かくにん》せず、シャーリーはストレート・プル・アクションのボルトを引いて押し出し、つまり素早《すばや》く次弾《じだん》を装填《そうてん》しつつ、足を早めました。

SJ5全てのフィールドが雪原でないことは、承知の上です。

今までのSJのフィールドマップからして、どれだけ広くても、同一の舞台《ぶたい》は全体の四分の一くらいでしょう。

すなわち、一辺5キロメートルの正方形。ならば、こうして走り回っている間に、すぐに終わってしまうでしょう。

でも、そうなったら、つまり景色が変わったら――、シャーリーはその縁《ふち》の手前で方向を変えて、次の縁《ふち》まで全力で向かうだけです。

雪原で動けるだけ動いて、敵を見つけたら屠《ほふ》れるだけ屠《ほふ》る。

己《おのれ》の特性をフルに行かせる、最高の人間狩り《マンハント》です。

「ははは っ！」

笑《え》みと共に、シャーリーは、足を止めませんでした。

「楽しいなあ、GGO！」

シャーリーが〝それ〟を発見したのは、13時19分。

ここまで三人を、問答無用で射殺してきたあとのことです。

次のスキャンが目前なので、スキーでの疾走《しっそう》を一度止《や》めて、雪の上にばったりと伏《ふ》せようかと思っていたときです。

「いた」

進行方向左側で、黒い影《かげ》がゆらりと霧《きり》の向こうに見えて、すぐに消えました。

つまりシャーリーは、それに対して斜《なな》めに接近して、去ったことになります。本当にギリギリ、一瞬《いっしゅん》だけ見えたことになります。

向こうもこっちに気付いていれば、向かって来るだろう。

シャーリーはスキーの速度を緩《ゆる》めて、スッとしゃがみ、影《かげ》が消えた方を睨《にら》みました。

少なくともしゃがんでいれば、やってくる誰《だれ》かを先に発見できるはず。そして先に撃《う》てば、シャーリーは負けないはず。

緊張《きんちょう》と共に10秒待ちましたが、何も動きがありません。

ならば。

シャーリーは、影《かげ》を追うことにしました。

周囲を確認《かくにん》しながら立ち上がると、ゆっくりとその角度へと、もともと音を立てないスキーで、さらに音を立てぬように慎重《しんちょう》に近づきます。

R93タクティカル2は、肩《かた》で構えつつ、銃《じゅう》を少しだけ、下げておきます。

相手が撃《う》っていいヤツだと気付いた瞬間《しゅんかん》、ちょっとだけ持ち上げてスコープを覗《のぞ》いてぶっ放すつもりです。もし相手がこっちに同時に気付いたら、前に倒《たお》れるように伏《ふ》せて、やはり発《はっ》砲《ぽう》します。

すっ、すっ、と雪を進むシャーリーは、二度目のスキャン結果を見るのを諦《あきら》めました。

それよりも、あの獲物《えもの》です。

ヤツを射貫《いぬ》いて、屠《ほふ》って——、さすがにハラワタを引っ張り出して首を落とすなんてことはしません。

いた！

見えました。黒い影《かげ》が。霧《きり》の深さから概算《がいさん》して、およそ20メートル。

一度シャーリーは止まって、その影《かげ》の動きを探《さぐ》ります。薄《うす》くなれば遠ざかっている。濃《こ》くなってきたらこっちに来ている。

そして、動きがありませんでした。

影《かげ》はその濃《こ》さのまま、ずっとそこにありました。一瞬《いっしゅん》、あれは人ではないのか？　切り取られた樹木かなどと思いましたが、その可能性は低いです。

そしてシャーリーは、影《かげ》の端《はし》に白く光る部分を見つけました。同時に、理解します。

ヤツは、スキャンを見ているんだ！

シャーリーがそれに気付いたとき、取るべき行動は一つでした。

身を捻《ひね》って、スキャン画面の白い光が、黒い影《かげ》に隠《かく》れる角度を見つけます。つまり、相手の真後ろから接近する角度。

一度左右に振《ふ》り返《かえ》り、周囲に敵がいないかも探《さぐ》ります。

獲物《えもの》を見つけて狙《ねら》うことに夢中で、自分がその獲物《えもの》になっているかもしれないからです。

リアル狩猟《しゅりょう》でも、エゾシカを見つけて夢中でライフルを構えていたら、後ろからヒグマが接近してきていた、なんて可能性だってあるのです。敵がいるGGOなら、なおさらのこと。

周囲に、敵はいませんでした。

ならばアイツを屠《ほふ》るのみ。シャーリーは、ゆっくりと進みます。黒い影《かげ》へ。

じわり、じわりと接近しつつ、もう既《すで》に、銃口《じゅうこう》はピタリと影《かげ》に向いています。

たぶん、今撃《う》っても、背中に命中して屠《ほふ》ることはできるでしょう。

でも、シャーリーは、そうしませんでした。

なぜなのかは、

「…………」

シャーリー本人も分かりませんでした。

一度引き金に近づけた人差し指を、そっと離《はな》して真《ま》っ直《す》ぐに伸《の》ばしました。

もっと近づいてやろうと、足を静かに前後に動かし、シャーリーは進みます。

微動《びどう》だにしない黒い影《かげ》が、音もなく形を作り——、

「っ！」

シャーリーは見ました。

雪原の中で不用心に突《つ》っ立《た》ったまま、一心不乱に左手に持ったサテライト・スキャン端末《たんまつ》を見て、右手で画面に触《さわ》っている男を。

詳細《しょうさい》が分かりました。

背中には、エムもかくやと思われる巨大《きょだい》なリュック。

リュック越《ご》しに、本当にかすかに、ちょっとだけ見える頭には、ブリキロボットのようなヘルメット。

せわしなく動いている手には、そしてさっきから動いていない足には、同じくロボットのようなプロテクター。

こいつら、あの自爆《じばく》チームだ！

ぞわ、ぞわわわわ。

シャーリーの全身が総毛立ちました。ヴァーチャルな感覚ですが。

8メートルほどの距離《きょり》で、シャーリーが止まりました。長い銃《じゅう》の銃口《じゅうこう》を向けたまま。

さっきもし撃《う》っていたら——、

銃弾《じゅうだん》は、間違《まちが》いなくあのバックパックに命中していました。

彼等《かれら》の背負っている高性能爆薬《こうせいのうばくやく》は、プラズマ・グレネードとは扱《あつか》いが違《ちが》います。だから、通常の弾《たま》を食らっても、凹《へこ》んだり穴が開いたりするだけで、誘爆《ゆうばく》はしません。

しかし、シャーリーの通常の弾《たま》ではない炸裂弾《さくれつだん》は、まず間違《まちが》いなく、誘爆判定《ゆうばくはんてい》を引き起こしていたでしょう。

つまり撃《う》っていたら、次の瞬間《しゅんかん》、自分は木っ端《こっぱ》微塵《みじん》になってSJ5から退場していたわけです。

「…………」

シャーリーは、ヴァーチャル世界においても、〝第六感〟とか、〝虫の知らせ〟とかはあると、今日から信じることにしました。

たぶん、自分のお祖母《ばあ》ちゃんが守ってくれたんですよ。

「女の子が生き物を殺すなんて、ちょっとどうかねえ」

そう言って、ハンターになることを渋《しぶ》っていたお祖母《ばあ》ちゃんが。

初めて仕留めたエゾシカ肉でシチューをご馳走《ちそう》したら、

「舞《まい》、今度はいつ狩《か》りに行くんだい？」

なんてメールを送ってきたお祖母《ばあ》ちゃんが守ってくれたんです。

ちなみにまだ元気に生きてます。

しかしこれ、どうすればいいんだ……？

シャーリーが、戸惑《とまど》っています。

今でこそスキャン端末《たんまつ》に夢中になっている、SJ参加者にあるまじき油断しまくり中の爆弾《ばくだん》野郎《やろう》ですが、次の瞬間《しゅんかん》にでも振《ふ》り返《かえ》らない保証はなく、そうするとシャーリーは撃《う》つしかありません。

しかし、彼等《かれら》のボディ前面には、自爆《じばく》に巻き込む相手に少しでも近づくため、装甲板《そうこうばん》が貼《は》ってあります。

前回のSJ4で、橋の上での戦いで、シャーリーは炸裂弾《さくれつだん》を、迫《せま》る一人の腿《もも》に命中させて転倒《てんとう》させせました。

おかげでそこで自爆《じばく》させることに成功し、どうにか自分達は助かったのですが——、あのとき防弾板《ぼうだんばん》を貫《つらぬ》けたかは不明です。リプレイで見ても、詳細《しょうさい》は分かりませんでした。

エム曰《いわ》く、彼等《かれら》の防具にエムの盾《たて》や、チームT－Sのお金がかかった全身プロテクターほどの強度があるとは思えない、とのことですが——、頭を撃《う》ったとして、炸裂弾《さくれつだん》で即死《そくし》させられるでしょうか？

一撃即死《いちげきそくし》させられなければ、もし死ぬまでに僅《わず》か1秒の暇《ひま》でも与《あた》えてしまえば、自爆《じばく》されます。確か、バックパックから伸《の》びている紐《ひも》を引けば、起爆《きばく》するはず。

ヤツだって、どうせSJ5退場なら、たとえたった一人でも、誰《だれ》かを巻き込んで死にたいでしょう。自分ならそうします。

下がるか……？

シャーリーは考えましたが、それもリスキー。

ご存知の通りゾンメルスキーは、普通《ふつう》のスキーのようにスイスイと下がれません。

ここから離《はな》れるには、足を持ち上げて組《く》み替《か》えて180度ターンをするか、両足ジャンプで空中方向転換《くうちゅうほうこうてんかん》するか、それとも前に進みながらカーブを切っていくか。

どちらにせよ時間がかかり、音も立てる可能性があります。

気付かれたらもう、後ろから襲《おそ》われます。

相手だって、何かしらの銃火器《じゅうかき》を持っているでしょう。軽量コンパクトな、サブマシンガンあたりでしょうか。それとも拳銃《けんじゅう》か。

ただただ大量の爆弾《ばくだん》を背負っているだけ、なんてド阿呆《あほう》な装備で、この苛烈《かれつ》な戦場に来ているハズがないのです。

実際にはそのド阿呆《あほう》装備なのですが、シャーリーは知りません。知りようがありません。

クソッ……、迂闊《うかつ》だった……。

シャーリーが、心の中で悪態をつきました。

近づきすぎました。

しかし、近づかねば、相手の詳細《しょうさい》に気付きませんでした。痛《いた》し痒《かゆ》し。

しゃがんでいれば、相手が気付かずに、ここからいなくなるか？

可能性は上がるでしょうが、それに命を賭《か》けるのは止《や》めたいところ。

ならばもう、消去法にて、これしかない。

シャーリーの心の中で、五七五（字余り）が刻まれました。

シャーリーは、さらに一歩近づきました。

＊　＊　＊

13時12分頃《ごろ》。

相棒がGGOを、SJを、ヴァーチャル殺し合いを心底楽しんでいるとき、

「まったく、心細いなあ……」

クラレンスは、ちょっと——、いいえ、だいぶビビっていました。気弱でした。

先ほどエムに、

『オッケー！　適当に楽しませてもらうよー。どうせ俺は、誰《だれ》の荷物も運んでないしね。死んでも気は楽さ！』

なんて元気に言い残しましたが、あれはカラ元気です。強がりです。認めます。

ひとりぼっちで霧《きり》の中で、心細くないなんてことは、全然ありません。

「どっかに隠《かく》れるっていってもさあ……」

クラレンスの周囲は、エムの言うとおり荒野《こうや》でした。

人工物が何もない、荒《あ》れて乾《かわ》いた大地です。クラレンスの足元は、一足ごとに土埃《つちぼこり》が立つ砂と礫《つぶて》と岩の大地。基本的に、真っ平らです。

周囲には、小はクラレンスの膝《ひざ》くらいまでの、大は背《せ》丈《たけ》よりも高い岩が、ポツポツと点在しています。

近くの岩はよく見えるので岩だと分かりますが、離《はな》れていくにつれて、乳白色の霧《きり》の中に溶《と》けていきます。

どんどん詳細《しょうさい》が分からなくなって、やがて岩はぼんやりとした薄黒《うすぐろ》いシルエットになって、それが人なのか岩なのか、大変に見分けがつきにくくなるのです。

「嫌《いや》な場所だなー」

クラレンスは、P90のシステムをARアサルト・ライフルに入れ込んだ、珍銃《ちんじゅう》にして愛《あい》銃《じゅう》の《AR—57》を持つ手に力を込《こ》めながら、

「でも、ボーッとしていてもしょうがないか」

移動を開始します。

エムはゆっくり移動しろと言いましたが、この場所でこの霧《きり》では、ノンビリ移動は心理的にイヤです。

なので、言いつけを守らないことにします。誰《だれ》も見てないし。

レンには負けますが足は遅《おそ》い方ではないクラレンスは、

「それっ！」

いきなり全力ダッシュをしました。

ひとまず、どうにか見える大きな岩まで。

そして自分よりずっと大きな、すなわち攻撃《こうげき》を防ぐ遮蔽物《しゃへいぶつ》になり得る岩にへばり付くと、その周囲をぐるりと見渡《みわた》します。

そこに他のキャラクターがいないか探《さぐ》っているわけですが、やっぱり岩が人間に見えて怖《こわ》いです。

いたか！

と思ってAR—57を構えてみたら、動かない岩でした。

「ああもう……」

そしてまた、見える大きな岩まで全力ダッシュ。

へばり付いて、周囲を見渡《みわた》す。そしてまた次の岩へ。

進んでいる方角が全然分からないので、ひょっとしたら自分は、同じ場所をグルグルと回っているだけなのかもしれません。やがて、付けたばかりの自分の足跡《あしあと》でも見つけてしまうかもしれません。

それでもクラレンスは走りました。

「せめて誰《だれ》かいてよ。ぶっ殺すからさー」

剣呑《けんのん》な言葉を漏《も》らしながら。

こうして、荒野《こうや》をあてもなく彷徨《さまよ》うこと、4分ほど。

たどり着いた岩で周囲を見渡《みわた》しているとき、ふらりと霧《きり》の中に揺《ゆ》らぐ影《かげ》を見ました。

どうせまた岩でしょと思って、しかしそれがゆらりと動いているのを確認《かくにん》して、

「うひっ！」

クラレンスは、岩の陰《かげ》に隠《かく》れて、コッソリとその影《かげ》を覗《のぞ》きます。

影《かげ》の側からすれば、クラレンスは岩と一体化しているので、派手に動かなければバレないでしょう。

念のために別方向にも視界を走らせて、それ以外に、動く影《かげ》がないことを確認《かくにん》しました。

クラレンスが、ゆっくりと顔を出して、揺《ゆ》らめく影《かげ》を凝視《ぎょうし》します。

霧《きり》に隠《かく》れて細部はずっと見えません。つまり、クッキリもしませんが、消えることもありません。影《かげ》は右側から左側へと、ほぼ平行に移動しているようです。

その影《かげ》を追尾《ついび》してくる別の誰《だれ》か――、すなわち彼、または彼女に仲間がいる可能性を考え、影《かげ》の後方に目をやりましたが、いないようです。

影《かげ》はどんどん左へと動いていきます。このままでは、去られてしまいます。視界から外れて

しまいます。

クラレンスに選択肢《せんたくし》が生まれました。

そのいちー！

今なら狙《ねら》えるからぶっ放す！　殺す！

距離《きょり》は20～25メートルほどのはず。愛銃《あいじゅう》で狙《ねら》ってフルオートでぶちかませば、仕留められるでしょう。

でも、あの影《かげ》が、可能性は低いけどチームメイトだったら？　あるいは、同盟を組んだＳＨＩＮＣの誰《だれ》かだったら？

確認《かくにん》せずに撃《う》ってしまうのは、ちょっと問題です。もちろん可能性としては、撃《う》っていい敵である方がずっと高いのですが。

そのにー！

ヤツは逃《に》がしてやる！

こっちに気付いていないんだから、このまま見逃《みのが》す、というのも一つの作戦です。

相手は気付かないまま、数秒後に通り過ぎるでしょう。そして自分はヤツが来た方へと進めば、ひとまず安泰《あんたい》のはず。

そのさん！

話しかける！　ハローハロー！　お元気？　おにーさん遊ばない？

という戦法だって取れます。相手が誰《だれ》か分からないが、一時的な共闘《きょうとう》を申し込む。しかしこれは、遠慮《えんりょ》なく断られたときにはこっちが容赦《ようしゃ》なく撃《う》たれる可能性がある、諸刃《もろは》の剣《つるぎ》です。

そのよん！

話しかけて共闘《きょうとう》を申し出るフリをして、油断しているところを、騙《だま》し討《う》ちをする！

相手の驚《おどろ》く顔が満喫《まんきつ》できる、実に楽しい方法です。

こういうの大好きです。だってクラレンスはクラレンスですから。

しかしリスクもあって、話しかけた瞬間《しゅんかん》に相手が『仲間なんていらねーんだよ！』と言わんと撃《う》ちまくってくる可能性もあります。

どうせ殺すのなら、最初から撃《う》った方が確実ですね。

さあて、どうしたものか。

クラレンスが考えます。時間はありません。

そして、1秒で答えが出ました。

そのご！

〝それら以外のこと〟をやろう！　面白《おもしろ》いはずだ！

クラレンスはやっぱりクラレンスでした。

後先考えずに、まずは足元に大きな石を探します。ありました。こぶし大の、形が綺麗《きれい》な、投げやすそうな逸品《いっぴん》が。

AR―57を左手だけで保持して、クラレンスはその石を、

「それっ！」

力一杯《ちからいっぱい》投げました。

物を投げる練習は、GGOで何度もやって上手《うま》くなっています。そうです、手榴弾《しゅりゅうだん》です。

女投げ、とか、肩《かた》が使われていない、とか言われることはありません。

投げられた石は、15メートルほど空中を移動して、

ごす！

「ぎゃ！」

あれ？

そこにいた男――、声で分かりました、に命中してしまいました。しかも頭にです。

決して狙《ねら》ったわけではなく、足元に石が落ちてきたら、さぞかしビビるだろうから、慌《あわ》てふためくヤツの行動を楽しみつつ、その後どうするか、臨機応変に決めるハズだったのに……。

「なっ！　え？」

霧《きり》の中で影《かげ》が動揺《どうよう》しています。明らかに慌《あわ》てています。その場から移動するのが最適解なのに、それすらできていません。

「だ、誰《だれ》かいるのか！」

たぶん銃《じゅう》を四方八方に向けています。

反応が面白《おもしろ》いので、クラレンスは再びゆっくりしゃがむと、同じような石を見つけて、同じように放り投げました。

さすがにまた命中するなんてことはなく、どすっ、と音がして男の近くに落ちて、

「ひいっ!」

彼の恐慌《きょうこう》を誘《さそ》いました。

よし、もっと怖《こわ》がらせよう。

クラレンスは心に決めました。楽しいからです。

今自分ができることで、彼をもっともっと、怖《こわ》がらせられることはなんだろう?

いろいろと脳内をスパークさせて考えてみますが、撃《う》つというのはダメです。だって彼は死んでしまいます。怖《こわ》くないじゃないですか。

また下着になって近づいてみる?

SJ4でも大活躍《だいかつやく》した、クラレンスお得意の色気作戦です。

ヴァーチャル世界でのアバターなんて、どんだけ見られても、よしんば触《さわ》られたって気にしません。

そもそもガチで殺し合っている、すなわちリアルワールドではできないことを楽しんでいる世界で、エッチなことがダメとか、気にする方がちょっとどうかしているとすら思います。ク

ラレンス個人の感想です。

ただ、下着作戦は却下《きやつか》です。

AR―57を手放すので撃《う》たれて死ぬのがイヤなのと、そもそも、相手が喜んじゃうじゃないですか。それ違《ちが》う。俺の求めることと違《ちが》う。

ならばどうするか。

ピコン。

クラレンスの脳内で、豆電球が点灯しました。

同時に、

『閃《ひらめ》いたときの脳内イメージで光る豆電球は、どうしていつも単品で、宙に浮《う》いているのだろう？　つまり、ソケットに繋《つな》がっていないのだろう？　これでは電気が来ないではないか。点灯するわけがないではないか』

という疑念も浮《う》かびましたが、ひとまずGGOやSJに全然関係ないので意識の外に放り出します。

クラレンスは閃《ひらめ》きました。

ピトフーイにもらったアイテムが、使えそうなアイテムが、一個ストレージにあったではないですか。

先日の打ち合わせ中にピトフーイが楽しそうに使っていて、クラレンスが後日所望《しよもう》したら、飴《あめ》でもくれるかのようにポイとくれたアイテムが。

左腕《ひだりうで》を振《ふ》って、それを実体化したクラレンスは、さっそく使ってみるのです。

パフパフ！

荒野《こうや》にラッパの音が響《ひび》きました。

クラレンスは、球状のポンプを握《にぎ》って音を出すラッパを、左手に持っていました。

それはいわゆる《パフパフラッパ》、あるいはもっとちゃんとした名前で《チェアホーン》と呼ばれるもの。

ピトフーイが酒場で使ったアレです。

「ひっ？」

突然《とつぜん》聞こえたラッパの音に、男の悲鳴が続きました。

そして、

「うわあ！」

叫《さけ》び声《ごえ》と銃声《じゅうせい》が始まります。

男が撃《う》ち出《だ》しました。どこを狙《ねら》ってのことではなく、恐怖《きょうふ》に囚《とら》われての、適当な方向へ向けての乱《みだ》れ撃《う》ち。

それでも、銃口《じゅうこう》はクラレンスのいる方へと動かされて、

「あっぶな！」

クラレンスは岩の陰《かげ》に隠《かく》れて、その岩に数発着弾《ちゃくだん》して、小刻みに揺《ゆ》れました。

岩を背にしたクラレンスの視界の中で、バレット・ラインが後ろから前へとメチャクチャに走って、銃弾《じゅうだん》がマッハの速度でそれを消していきます。

男は撃《う》って撃《う》って撃《う》ちまくって——、
およそ3秒後。

たぶん、アサルト・ライフルの一マガジン30発を一気に使い切ったのでしょう。世界が急に静かになりました。

パフパフパフパフパフー！　パフパフパフパフパフー！

クラレンスの反撃《はんげき》です。チェアホーン乱《みだ》れ撃《う》ち。これでもかと鳴らしました。

「うわあ！　なんだよおい！」

リロードを終えた男が、再び乱射を始めます。

バレット・ラインの位置から、自分が撃《う》たれることはないと分かったクラレンス、
パフパフパフパフパフパフパフパフパフパフパフパフパフパフパフパフパフパフパフー！

銃声《じゅうせい》に負けないように、握力《あくりょく》の限界に挑戦《ちょうせん》する攻撃《こうげき》をかましました。

銃声《じゅうせい》とラッパ音が、霧《きり》の中の世界を騒々《そうぞう》しく染め上げます。分かりやすい異常な空間です。

そして——、
世界は突然《とつぜん》に静かになりました。

銃声《じゅうせい》が、開始2秒ほどで止《や》みました。

パフパフ。

急に止《や》んだことで、クラレンスのラッパが二つほど残って、

「ん？」

そして彼女は顔を出して、見ました。さっきまで男がいた方向で、【Ｄｅａｄ】タグが煌《きら》めくのを。霧《きり》の中でも、よく見えます。

彼が突然《とつぜん》世をはかなんで自殺したのでなければ、あるいは手元が狂《くる》ってついウッカリ自分の頭を撃《う》ってしまったのでなければ――、他の誰《だれ》かが撃《う》ったわけで、それはつまり別の敵が近くにいるわけで、

「やっべ」

クラレンスは借りたラッパを放り投げると、ＡＲ―57を両手でしっかり持ちました。借り物のラッパは大地に落ちて鈍《にぶ》い音がしましたが、後で、ウィンドウ操作で回収しますから許せ。

それよりも敵です。

クラレンスは岩の陰《かげ》で身を低くして、男を撃《う》った誰《だれ》かがこっちに来たら容赦《ようしゃ》なく撃《う》ちまくるつもりで愛銃《あいじゅう》を構えて――、

「きた」

そして霧《きり》の向こう、【Ｄｅａｄ】タグの脇《わき》に揺《ゆ》らめいた小さな影《かげ》を見つけました。

どうやらかなりの速度でこっちに走ってきているようで、その姿が、霧《きり》から生まれてきて、

「あ！　ちょ――、やあ！　ねえ！　えっと――」

ある事に気付いたクラレンスが弾《たま》ではなく声をぶつけました。

「名前！　えっと、そうだ！　ターニャ！」

クラレンスが岩の脇《わき》から身をひるがえして彼女の名前を呼ぶのと、
しゅこん！

ターニャが驚《おどろ》いて、サプレッサー付きのサブマシンガン《ビゾン》を一発発砲《はっぽう》してしまうのが同時でした。


「ううう、この恨《うら》み、忘れはせぬぞ……。末代まで、祟《たた》ってやるううう……」

「ほんと、ごめんねー」

「まあ、いいってことよー。本日は気にしないデー」

黒い戦闘服《せんとうふく》に黒い髪《かみ》のクラレンスと、緑の毒々しい粒《つぶ》をまぶした迷彩服《めいさいふく》に白い髪《かみ》のターニャが、大きな岩の陰《かげ》でしゃがんで、反対方向を見張りながら座っていました。

クラレンスの頬《ほお》には、赤い被弾《ひだん》エフェクトの光がまだ輝《かがや》いています。

30秒ほど前のこと。

ターニャの放ってしまった9ミリパラベラム弾《だん》は、狙《ねら》い違《たが》わずクラレンスへと飛んでいき、右頬《みぎほお》に命中して左頬《ひだりほお》へと突《つ》き抜《ぬ》けていきました。

「ぐぎゃ！」

クラレンスのダメージ、ヒットポイント三割減。

でも、あと10センチ後ろに命中していたら小脳直撃《しょうのうちょくげき》の即死《そくし》だったかもしれないと思うと、ラッキーなのでしょう。

「ひゃあああ！　ごめんごめんごめん！」

ターニャはサプレッサーの銃口《じゅうこう》を下げて、平謝《ひらあやま》りです。言わば仲間を撃《う》ってしまいました。

クラレンスはすぐに救急治療《きゅうきゅうちりょう》キットを打って、回復に努めます。

とりあえず今は動かず、二人で大きな岩を背にして四つの目で全周を見張り、敵が来たら二人で対応するという戦法です。

「なんにせよ、これで目が二倍だ！　一人でウロウロしているより、ずっとずっと心強いよ！」

クラレンスが、超《ちょう》小声《こごえ》で声を弾《はず》ませました。嘘偽《うそいつわ》りない本心です。

通信アイテムが繋《つな》がれているので、ターニャの耳に届いて、

「こちらこそ！　それにしても、今回のこの、チームがバラバラにされるルールは——」

「「ヒドい！」」

二人の声が揃《そろ》いました。

それから、女性二人が、クスクスと笑いました。まるで学校の教室のワンシーンのよう。

殺伐《さつばつ》としたGGOに吹《ふ》いた、爽《さわ》やかな風でした。

近くに男がいなかったので、それを感じることができたヤツは、誰《だれ》もいませんでした。残念でした。

「リーダーのレン、大変なことになってるだろうなあ」

クラレンスが呟《つぶや》きました。

まだ死んでいないのは、視界左上の仲間の表示に×印が付いていないことで分かりますが、では無事に無傷かというと、それは分かりません。

「そちらのボスさんは？」

クラレンスが訊《たず》ね、驚《おどろ》きの答えが返ってきます。

「ああ、オレ達SHINCのリーダーは、今回ボスじゃないんだよねー」

「なんとー！」

「アンナなんだなー。今回から、リーダー位置を囮《おとり》に使う作戦もあるかと思ってね。まさか、こんなルールがあるとは思っていなかった。アンナ、みんなに狙《ねら》われて、さぞかし心細いだろうなあ……。泣いてなきゃいいけど」

「金髪《きんぱつ》サングラスの人だよね？　美人だから大丈夫《だいじょうぶ》。きっと周囲の男達がデレデレしてくれる。その隙《すき》にスパッと首を掻《か》く」

「あはは」

話しながら敵を探《さぐ》っている間に、敵は来ず、その代わりではないでしょうが、13時20分が近づいて来ました。

二度目のスキャンです。

「でもこれさ——」

ターニャが、思ったことを口にします。

「見たってさ、スキャンに反応しないプレイヤーが、百人以上ウロウロしているわけで、あんまり意味ないよねぇ」

そうなのです。

スキャンで見たからといって、周囲が安全だとは限りません。

もちろん同時に、自分達の位置がスキャンに映らないので、居場所がバレないという意味でもありますが。

「だから、できれば動かない方がいいんだろうねぇ」

クラレンスが言ったとき、20分になりました。

二回目のスキャンを、二人は見ました。周囲と端末画面《たんまつがめん》の間を、せわしなく目を行き来させながら。光が外に漏《も》れないように、体で隠《かく》すのも忘れません。

チームの数は、一つも減っていませんでした。

そして、

「アンナが、少し近づいて来たみたいに見える。オレ達は中央上あたりにいるね」

ターニャの言う通り、自分達のだいたいの居場所が分かりました。

クラレンスがあちこち移動したおかげで、そして同じく移動を続けていたターニャのマップが統合されたおかげで、自動マッピングが描《えが》いてくれたエリアが増えました。

これによって、自分達が正方形のフィールドマップのどのあたりにいるかが分かったのです。

マッピングされたのは、画面の中央上付近。

その右、あるいは東側、フィールドマップの右上ギリギリでスタートしたアンナは、少し移動して近づいて来ているようです。

「でも、あと、3キロ以上はあるかな……。この霧《きり》の中を安全に移動するには、ちょっと辛《つら》い距離《きょり》かなあ……。敵もウジャウジャいるだろうし」

ターニャの声に、

「こっちから、迎《むか》えに行こうか？」

クラレンスは提案。

しかし、ターニャは渋《しぶ》い声を出しました。

「うーん。ボスからは、安全な場所があれば、無理にあまり動くなって言われているんだよね。さっきは、銃声《じゅうせい》が聞こえたから近づいていったけど」

「なーるほど。結局、1時間はノンビリしているのが吉《きち》ってことかなー」

クラレンスがそう言って、役目を終えたサテライト・スキャン端末《たんまつ》をパンツの腿《もも》のポケットにしまったときでした。

「敵っ！」

ターニャからの鋭《するど》い声が耳に届いたのは。

ターニャが自分の脇《わき》に転がってきたことで、ターニャ側に、霧《きり》の中から誰《だれ》かが来たことが分かって、クラレンスはAR—57を構えつつ、中腰《ちゅうごし》で岩の陰《かげ》から少しだけ顔を覗《のぞ》かせました。

見えたのは、霧《きり》の中を駆《か》けてくる男。

「光学銃《こうがくじゅう》チームだ」

ターニャが鋭《するど》く言いました。

手にしている銃《じゅう》は《MG2504》という名前で、マシンガンタイプの光学銃《こうがくじゅう》です。

現実の銃器《じゅうき》ではないその形から、光学銃《こうがくじゅう》を頑《かたく》なに使い続けているRGBの一人だと分かりました。

ＳＪで、対人戦に向かない光学銃《こうがくじゅう》を使っているのは、今のところ彼等《かれら》だけです。彼等《かれら》のこだわりです。

光学銃《こうがくじゅう》の弾《たま》は、誰《だれ》もが持っている光弾防御《こうだんぼうぎょ》フィールドで減衰《げんすい》されるので大ダメージにはなりませんが、今は距離《きょり》が近いですし、マシンガンタイプは容赦《ようしゃ》なく連射が利《き》くので厄介《やっかい》です。油断禁物。

さてどうするべきか考える中で、

「む？　追われてる？」

クラレンスが気付いたことを口にしました。

霧《きり》の中で男は、時々振《ふ》り返《かえ》りながら、後ずさりしているように見えます。

今、銃口《じゅうこう》は後ろに、こっちには背中が向けられています。

「逃《に》げてるみたいだね」

やがて男は前に向き直ると、そこにあった岩の一つに隠《かく》れました。

クラレンスとターニャからは、15メートルくらい離《はな》れた場所。

二人から見て少し右側で、男が隠《かく》れたといっても、二人には半身を、左半身を晒《さら》している格好になります。

「あそこに居座《いすわ》られたら厄介《やっかい》だなあ」

クラレンスが言って、

「だね。オレが撃《う》とうか?」

ターニャが提案。

「俺も撃《う》ちたいなあ」

「いやあ、ここはサプレッサーを付けたオレが」

「威力《いりょく》はこっちの方が少しだけ上なので俺が」

二人の女性プレイヤーが、オレ俺を連発しました。詐欺《さぎ》ではありません。

「じゃあ、仲良く一緒《いっしょ》にレッツキル」

クラレンスが言った瞬間《しゅんかん》、その男が、RGBの一人が、発砲《はっぽう》を始めました。光学銃《こうがくじゅう》は実弾《じつだん》銃《じゅう》より軽いので、マシンガンといえども、スッと肩《かた》に構えて撃《う》てます。

岩に身を隠《かく》した状態で、MG2504を肩《かた》で構えた男が、猛烈《もうれつ》な連射を始めました。

びびびびびびびゅ、という光学銃《こうがくじゅう》特有の発砲音《はっぽうおん》が鳴《な》り響《ひび》き、黄色い光の粒《つぶ》が、クラレンスとターニャの視界の左側へと伸《の》びていきます。

光学銃《こうがくじゅう》はカスタムによって、射撃《しゃげき》モードを《威力優先《いりょくゆうせん》》と《連射優先》で選べます。

威力優先《いりょくゆうせん》にすれば連射速度は落ちますが、一発あたりの威力《いりょく》は増し、連射優先はその逆です。

彼は、連射優先にしてあるようです。一点ではなく、周囲に弾《たま》をばら撒《ま》くように射撃《しゃげき》を続けました。あまりに弾《たま》が繋《つな》がっているので、ホースの水まきのようです。

光弾《こうだん》は振《ふ》られた鞭《むち》のような線となって霧《きり》の中に消えて行くのですが、クラレンス達に敵は見えません。男には、見えているのでしょうか？

10秒ほど、光学銃《こうがくじゅう》が唸《うな》りを上げて、そしてスッと静かになって、

「やったかな？」

「どうだろ？」

ターニャとクラレンスのクエスチョンに、〝これが答えだ！〟と言わんばかりに、猛烈《もうれつ》な銃《じゅう》声《せい》が響《ひび》きました。

どどどどどどどどどどどどどどど。

地を揺《ゆ》るがすような、ドスの効いた重低音。

光学銃《こうがくじゅう》のそれが児戯《じぎ》に聞こえるほどのヘビーな銃声《じゅうせい》が生まれ、3秒ほど続きました。

飛んできた弾丸《だんがん》は、RGBの一人の隠《かく》れている岩に命中し、ガリガリと岩を削《けず》り始《はじ》めました。

ターニャとクラレンスが、撃《う》たれている方から、撃《う》っている側へと目を向けました。

霧《きり》の向こうにぼんやりと見えたのは、そしてハッキリと見えてきたのは、鮮《あざ》やかなマズル・フラッシュと、それを生み出す銃《じゅう》を持っている男。

長身で逞《たくま》しい体格に、茶髪《ちゃぱつ》のオールバックに鶏冠《とさか》のように撥《は》ねた前髪《まえがみ》。

緑色のフリースジャケットに黒いコンバットパンツ姿で、肩《かた》で保持する大型の銃《じゅう》は、《M240B》マシンガン。

背負っている大きな箱は、バックパック型給弾《きゅうだん》システム。

ZEMALの一員、ヒューイが現れました。

ヒューイの放った7．62ミリ弾《だん》は、秒間10発の嵐《あらし》となって岩を襲《おそ》います。削岩《さくがん》し、破片《はへん》を散らし、

「うひゃ！」

哀《あわ》れ男は、体中を被弾《ひだん》エフェクトの光で煌《きら》めかせて、真っ赤な人形になってしまいました。

【Dead】のタグが、体の上に点灯しました。

撃《う》ちまくっていたヒューイが発砲《はっぽう》を止めて、足も止めて、注意深く周囲を窺《うかが》う素振《そぶ》りを見せました。

やせいのZEMALがあらわれた！

どうする？

「「逃《に》げろ！」」

ターニャとクラレンス、二人の声が揃《そろ》いました。満場一致《まんじょういっち》です。

あんな火力バカ、相手にしてはいけません。

こっちがチョロリとでも撃《う》った瞬間《しゅんかん》に、向こうはバカスカと撃《う》ってきて、銃弾《じゅうだん》の雨霰《あめあられ》が降ってくるでしょう。

さっきの男のように、隠《かく》れている岩ごと撃《う》たれまくってしまうことでしょう。

二人が左右に飛び出して挟《はさ》み撃《う》ちにすれば、どちらかは生き残るかもしれませんが、それで

はチームのためにはなりません。目指すは優勝なのですから。

よくて相打ち、という相手には、三十六計、逃《に》げるにしかずです。

二人の女性プレイヤーは、身をひるがえして走り出しました。

大きな岩が、ヒューイの視線から二人を隠《かく》してくれているはずですが、

「撃《う》ってくるな！」

「来るなー！」

クラレンスとターニャは全力疾走《ぜんりょくしっそう》。

走る方角も考えない、とにかく必死の全力疾走《ぜんりょくしっそう》。

そして、どうにか気付かれなかったようです。

ヒューイからの発砲《はっぽう》は、ありませんでした。

それでも散々走って、

「どこまで走る？」

「知らない！」

「よっしゃ行けるところまで行こう！」

「よっしゃー！」

ランナーズハイとでも言うのでしょうか、狂乱《きょうらん》のように、二人は走り続けました。

ターニャの方が足は速いのですが、霧《きり》のおかげで先が見えずセーブしているので、必然的に

クラレンスと同じくらいの疾走速度《しっそうそくど》になりました。

肩《かた》を並べてランニング。

「あはは、楽しいねえ！」

クラレンスが白い歯を煌《きら》めかせて、

「こういうのもいい！」

ターニャも笑顔《えがお》。

走る女キャラ二人を、

「なんだあれ？」

霧《きり》の中にぼんやりと見つけたプレイヤーもいたのですが、距離《きょり》と角度があったので、撃《う》つ前に見失ってしまいました。運も二人と一緒《いっしょ》に走っているようです。

「ＶＲゲームって、肉体の限界まで試《ため》せるから楽しいよね！」

スポーツを、新体操をするためにフルダイブを始めたターニャが言って、

「分かる！　現実でできないことをやるの、楽しい！」

クラレンスも全力疾走《ぜんりょくしっそう》しながら同意します。彼女の頭の中にある意味と、ターニャのそれとはちょっと違《ちが》うようですが、二人は気付けません。

それから、クラレンスは、しんみりとこう付け足すのです。

「ずっとこっちの世界で生きていけたら……、いいのに。現実なんて……、やっぱりあんまり

好きじゃない……。まだ、嫌《きら》いだ……」

ターニャは、この言葉に返事はしませんでした。


二人のランニングが続くこと3分。

クラレンスとターニャが走るのを止めたのは、

「ん？」

「あ？」

霧《きり》の中に、壁《かべ》が迫《せま》って来《き》たときでした。

乳白色だった世界の向こう側に黒い何かが迫《せ》り上《あ》がっていくように産まれて、次にそれが自分達へと猛烈《もうれつ》な速度で迫《せま》って来《き》たのです。音もなく。

実際には自分達が走っていたので、驚《おどろ》いて走るのを止めたら、それは止まりました。

「なんだ、これ……？」

ターニャが、

「壁《かべ》、かな？」

クラレンスがゆっくり近づいて、詳細《しょうさい》が分かるようになった距離《きょり》で、それを見上げます。

目の前にあるのは、薄茶色《うすちゃいろ》の石を組んで造られた、巨大《きょだい》な欧風《おうふう》の城壁《じょうへき》でした。霧《きり》のおかげ

で、上も左右も、終わりが見えません。

とにかく凄《すご》く高いことと、とにかく左右にずっと広がっていることだけが分かりました。

その側面に、文字が現れます。

「お？」

「あ！」

ターニャとクラレンスが驚《おどろ》き見つめる先で、人間の三倍くらいはある大きな文字が、あぶり出しのように、ゆっくりと浮《う》かび上《あ》がってくるのです。

つまり、誰《だれ》かプレイヤーが来たら、情報を表示する役目を担《にな》っているのです。

文字は完全に形を作って、組み合わさって文章になりました。

「なんと……」

それを読んだターニャと、

「なんと……」

クラレンスはひどく驚《おどろ》きました。

「なんで、明朝体《みんちょうたい》？」

クラレンスが、ターニャの顔を見て、思った疑問を素直《すなお》に口に出すのです。

ターニャが応えます。

「え？　そこ？」

SECT.8

第八章　それまでのエム

第八章「それまでのエム」

13時10分を、
エムは、ビルの一階で迎《むか》えました。

「さて――」

彼のスタートポイントは、都市でした。

SJ1でもSJ4でも見た、GGOでは珍《めずら》しくない廃都市《はいとし》フィールドです。

この場所にも立ちこめる深い霧《きり》で遠くは見えませんが、見えたときの光景の予想は、簡単につきます。

アメリカの大都市をモデルに、碁盤目状《ごばんめじょう》に道路が走り、それに囲まれた街区――、いわゆるブロックの中にビルがドスンと建っています。大きければ一棟《いっとう》だけ。小さければ複数。

廃屋《はいおく》になっているビルは、素っ気なく四角い造りと外見をしていて、低いものでも十階くらい、高いものは三十階ほど。

そんな中に時々――、
アーティストが己《おのれ》の欲望をフルに発揮したような、そして誰《だれ》も止めなかったような、妙《みょう》に凝《こ》ったデザインのビルがあります。

また、予算を一桁《ひとけた》多く間違《まちが》えてしまったような、200メートルを超《こ》える超高層《ちょうこうそう》なものも、煙突《えんとつ》のように細く高く聳《そび》えています。

エムはそんな廃都市《はいとし》を貫《つらぬ》く大通りの上でのスタートでしたので、直後に、一番近くのビルに身を隠《かく》していました。霧《きり》で見えないとは思いますが、念のために。

ここで戦うとなると、必然的に市街戦になります。現実の戦争でもGGOでも、隠《かく》れる場所が多い市街戦は接近戦になりやすく、当然苛烈《かれつ》になります。

敵はそれこそ、隣《となり》のビルに敵がいるかもしれない。あるいは、隣《となり》の部屋にいるかもしれないという戦いです。

小さな通り一つ、建物一つを奪《うば》い合《あ》い、目の前の敵を撃《う》ったり手榴弾《しゅりゅうだん》を投げあったり、時に近代戦闘《きんだいせんとう》でも白兵戦が起きる――、市街戦とは、それはそれは、恐《おそ》ろしいものなのです。これがゲームで、本当によかったです。

そんな廃都市《はいとし》ですが、今のエムにとっては、そして14時までコソコソ隠《かく》れるには、持ってこいの場所でした。

なにせ隠《かく》れる場所は、幾《いく》らでもありますから。クラレンスよりは、ずっと楽ができますね。

14時にこの霧《きり》が晴れるまで、強引《ごういん》な動きは無意味です。ここは、コッソリ隠《かく》れていましょう。

廃《はい》ビル内の瓦礫《がれき》をかき分けて、時にひっくり返して、エムは階段を探しました。間もなく見つけて、足元を確認《かくにん》しながら、静かに上り始めました。

使っている銃《じゅう》は、800メートルほどまでの狙撃《そげき》を得意とする7．62ミリ口径のM14・EBR。隠《かく》れているにせよ、高い場所から道を見下ろすのが得策です。

その分、いる場所がバレたら、一階で待ち構えられて、もう外に逃《に》げづらくなる、というデメリットもあります。

とはいえそれは敵がチームだった場合。ここは狙撃《そげき》のしやすさを選びましょう。

エムは、巨体《きよたい》を静かに動かし、薄暗《うすぐら》い階段を上っていきます。

GGOの廃墟《はいきょ》は、時々足元が崩《くず》れるというトラップがあるので、どこまでも慎重《しんちょう》に、一歩一歩、体重をじんわり乗せつつ、確かめながら上ります。

途中《とちゅう》の踊《おど》り場《ば》で、このビルが二十階ほどあると、ボロボロの表示板が教えてくれました。

エムは五階で階段を上るのを止《や》めて、床《ゆか》が抜《ぬ》けてないか確かめながら、オフィスだったであろうフロアを進みました。

やがて、大通りを見下ろす壁際《かべぎわ》に来ました。

天井《てんじょう》から床《ゆか》まである、そしてガラスが吹《ふ》っ飛《と》んでいる窓際《まどぎわ》に近づいて、その手前に一枚、実体化した小さな鏡を置きました。

丸い凸面鏡《とつめんきょう》です。道路にあるカーブミラーを小さくしたようなものです。

このミラーを見ることで、頑丈《がんじょう》な壁《かべ》に背をつけた安全な態勢で、下の大通りのほとんどを見張ることができます。

霧《きり》で霞《かす》んでいますが、どうにか道の様子は分かります。

大通りの幅《はば》は広く、30メートルほどはあるでしょう。車線は、片側三つで合計六車線。左右の歩道も、かなり余裕《よゆう》のある造りです。

コンクリート舗装《ほそう》は比較的《ひかくてき》綺麗《れい》で、車が走れそうな平面をちゃんと残しています。

路上に車両はありません。ボロボロの廃車《はいしゃ》も、アイテムとして使えそうな車も、見える範囲《はんい》にはありません。

ただただ、綺麗《きれい》な直線の道路だけです。

「なるほど……」

エムが何かに気付いたようで、小さく呟《つぶや》きました。

しかし仲間がいないので、いったい何に気付いたのか、訊《たず》ねる人はいません。

エムが腕時計《うでどけい》を見ると、13時14分。

あとはここのままここで――、
しばらく待機しましょう。

しばらく待機したエムがこちらになります。

岩のような巨体《きょたい》が、岩のように動かずにじっとしていました。

エムは、というより中身の阿僧祇豪志《あそうぎごうし》は、待つことに慣れています。

己《おのれ》の目的のためなら、それこそ何時間でも、何もないところでじっと待つことができるスト——、忍耐強《にんたいづよ》い人間です。

そして、13時20分がやって来ました。

「さあて」

エムはサテライト・スキャン端末《たんまつ》を取り出すと、脱《ぬ》いだブッシュハットの中に入れて、顔の前に。万が一にも、外に光が漏《も》れないようにしました。

スキャンが始まり、結果を出していきます。

10分前、マップの端《はし》らしき場所で光っていたLPFMは、似た場所で光っていました。レンが死んでいないのは視界左上の仲間達の表示で分かりますが、何をしているかは分かりません。活躍《かつやく》していると、いいのですが。

そしてエム自身が、つまり自分がどこにいるかですが——、
直線距離《ちょくせんきょり》としてほとんど動かなかったので、マッピングがされていませんでした。縮尺を最大にしても、よく分かりませんでした。

これは仕方がなく、そしてマッピングのためだけに動くのは得策ではないので、何もなければあと10分、エムはこの場での待機を決め込みました。

そして8分が経《た》ちました。

その間、まったくもって世界は静かでした。

恐《おそ》ろしいほど静かでした。

周囲にいるプレイヤーは、エムと同じ作戦なのでしょう。つまり、14時までは無理をしない。近くで銃撃戦《じゅうげきせん》など一度も起きず、風がないので音もなく、ただ時間だけが過ぎていきました。

エムには、静かに、ものを考える時間がたっぷりとありました。

いろいろなことを、考えました。

阿僧祇豪志《あそうぎごうし》として、生まれてから大学時代まで、あまり満たされない、暗い青春時代を送っていたときのこと。

突然《とつぜん》、女神《めがみ》に出会ったときのこと。

必然、女神《めがみ》のあとをつけたときのこと。

偶然《ぐうぜん》、女神《めがみ》にボッコボコにされたときのこと。

それ以後の、幸せな、痛くて、満ち足りた毎日のこと。

自分がなんのために生まれたのか、分かった日々のこと。

女神《めがみ》が突然《とつぜん》ゲームの中で命を賭《か》けるとか言い出して、それに付き合った日々のこと。

自分がどんなふうに死ぬのか、分かりかけたときのこと。

レンという小さくて大きな存在に、二人が救われたときのこと。

そしてそれ以後から今まで。以下略。

13時28分頃《ごろ》、

「ん？」

エムは、ずーん、と響《ひび》く音をかすかに聞きました。

どこか少し離《はな》れた場所、あるいはビルの中での戦闘《せんとう》——、例えば手榴弾《しゅりゅうだん》の炸裂《さくれつ》かと思ったのですが、その後に何も音が続かず、世界はすぐに静かになりました。

「…………」

エムは無言のまま、体を少し動かし、鏡ではなく肉眼で、窓の外を見ました。

そこには深い霧《きり》に沈《しず》む廃都市《はいとし》が、さっきまでと何も変わらず、静かに佇《たたず》んでいるだけでした。

「…………」

エムは、巌《いわお》のような顔と、岩石のような体を戻《もど》しました。

やがて、左手首で腕時計《うでどけい》が震《ふる》えて——、
エムに13時29分30秒を伝えてきました。

13時30分。

弾薬《だんやく》、エネルギーの完全復活が起こりましたが、エムはまだSJ5で一発も撃《う》っていませんので、全然関係ありません。

再びブッシュハットで画面を隠《かく》しながら、三回目のスキャンを見ます。

レンは、少し北東に移動していました。

何をやっているか、ここからは分かりませんが、健闘《けんとう》を期待するのみです。まあ、レンなら大丈夫《だいじょうぶ》でしょう。

彼女は強いです。間違《まちが》いない。エムとピトフーイが恐《おそ》れる、今現在、唯一《ゆいいつ》のキャラクターです。

同じように、マップ四隅《よすみ》でスタートしたMMTM、SHINC、ZEMALが、強豪《きょうごう》チームが、若干《じゃっかん》中央に寄っています。

合流を見越《みこ》してゆっくりとでも動き始めたか、それとも、そこにいられない理由でもできたか。

そして残りのチーム数は三十。全滅《ぜんめつ》しているチームは、ありませんでした。

分かるのはそれくらいです。

スキャンが終わりました。

あと10分、また一から座禅《ざぜん》のような時間を始めようかとエムが思ったときです。

たたたたたたん。

遠くから聞こえてきた、小太鼓《こだいこ》の連打のような軽く乾《かわ》いた銃声《じゅうせい》。

そして再び、同じ音が、少し大きくなって聞こえました。ボリュームノブを、2から4に上げたくらいに。

誰《だれ》かが銃《じゅう》を、フルオートで撃《う》っています。それが戦闘《せんとう》なのか、それとも試射なのか、それとも敵を引きつけるための欺瞞《ぎまん》なのかは、まだ分かりません。

銃声《じゅうせい》はビルで反響《はんきょう》するので正確な位置が掴《つか》みづらいのですが、方向はなんとなく分かります。

今自分がいるポジション——、大通りを前に見て、右側からです。

たたたたたんどどん。たたたんどん。たたんどん。

銃声《じゅうせい》がさらに大きくなりました。同時に、別の銃声《じゅうせい》が重なってきました。

一人で別の2丁を撃《う》つ凄腕《すごうで》の変態さんがいるのでなければ、二人が、別の銃《じゅう》を撃《う》っているということに。

エムの耳と頭が予想をつけます。

最初に聞こえた軽い銃声《じゅうせい》は、5．56ミリクラスのアサルト・ライフルでしょう。そこに被《かぶ》った重い発砲音《はっぽうおん》は、7．62ミリクラスのバトル・ライフル。

音を聞いただけで分かったことが、他にもあります。

あの二人は、互《たが》いを相手として戦っていません。要するに、撃《う》ち合《あ》っていません。二人は、共通の敵に向けて発砲《はつぽう》しています。

エムはゆらりと巨体《きよたい》を動かすと、窓の脇《わき》、壁《かべ》の縁《ふち》に立ちました。

外からは見えないように、窓際《まどぎわ》ギリギリには進みません。壁《かべ》の陰《かげ》になる位置、窓際《まどぎわ》から2メートルほど下がった場所に立ちます。

そして、まずは周囲を見渡《みわた》します。

エムのようにビルの中に隠《かく》れていたが、エムのように銃声《じゆうせい》を聞いて覗《のぞ》こうとしている誰《だれ》かが、近くのビルにいないかチェックです。

大丈夫《だいじようぶ》なようなので、エムは銃声《じゆうせい》が聞こえてくる方を、すなわち大通りの右側を見下ろしました。

そして見つけました。

少しだけ薄《うす》くなった霧《きり》の中で、大通りを走ってくるキャラクターを。

それが誰《だれ》か、すぐに分かりました。

緑色の点をまぶしたロシア製の迷彩服《めいさいふく》を着た、長い金髪《きんぱつ》の女キャラクター。顔にはサングラス。頭には迷彩《めいさい》のニット帽《ぼう》。

アンナです。

盟友SHINCの一員で、《ドラグノフSVD》セミオート狙撃銃《そげきじゆう》を使うスナイパー。

中の人は安中萌《あんなかもえ》という、大人しそうな外見の、そして実際大人しい性格の高二女子。カラオケの時に、豪志《ごうし》もお会いしました。

そのアンナが、必死になって走っています。

長く細いドラグノフを両手に抱《かか》え、大通りの中央を走っています。時々左右にステップを入れながら、そして頻繁《ひんぱん》に振《ふ》り向《む》きながら、必死の全力疾走《ぜんりょくしっそう》です。ウェーブのかかった金髪《きんぱつ》が、棚引《たなび》いています。

既《すで》に何発か被弾《ひだん》しているようで、体に赤い被弾《ひだん》エフェクトがチラチラ見えます。足に当たっているのは結構痛いと思うのですが、それでも走り続けていました。体幹のブレない走りは、さすがは中の人がスポーツ選手といったところ。

そのアンナを追いかけるように、バレット・ラインと銃弾《じゅうだん》が空中を飛んでいます。

エムは、状況《じょうきょう》を瞬時《しゅんじ》に理解しました。

分からない方がおかしいですね。アンナが、最低二人はいる敵に追われている。以上。

霧《きり》のせいで、30メートル以上離《はな》れると敵位置が視認《しにん》できません。だからアンナは必死に走っています。

敵の足も同じくらいの速さで、どうにかギリギリ、アンナが影《かげ》として見える距離《きょり》なのでしょう。

そして、偶然《ぐうぜん》でもいいから仕留めようと、走りながらしきりに発砲《はっぽう》しています。

アンナにはバレット・ラインが見えているので、左右にステップを取りながら、すなわち銃弾《じゅうだん》をかわしながら、走っています。

アンナは、大通り左右のビルの中に逃《に》げ込《こ》みません。

もし入るところを見られたら、もうアウトだからです。建物に入り、二人に詰《つ》め寄《よ》られたら、圧倒的《あっとうてき》に不利です。戦死は間違《まちが》いなし。

だから、長い直線道路で、どうにか相手を煙《けむ》に――、ではなく〝霧《きり》に〟巻こうと、全力で走っているのです。

「いい判断だった」

エムが、過去形で言いました。

アンナが、自分の真下を通り過ぎて行くのを見ながら、エムはスコープの倍率を一番低くして、M14・EBRを持ち上げました。まだ構えません。

そしてゆっくりと壁際《かべぎわ》に移動し、右側の大通りを見下ろしました。

エムの両目が、霧《きり》の中から見えてきた二人の男を認めました。少し霞《かす》んでいますが、識別はできます。

一人は赤茶の迷彩服《めいさいふく》に、AC―556Fを撃《う》っている男。SJ1から参加しているチームの一員。

もう一人は、《FAL》アサルト・ライフルを持っている、独特な迷彩服《めいさいふく》とチェストリグを装備した、ローデシア紛争《ふんそう》当時の傭兵《ようへい》スタイルの男。歴史再現コスプレチーム、NSSの一人です。

エムは淀《よど》みない、そして素早《すばや》い動きで愛銃《あいじゅう》を構えて、まずは、今銃《じゅう》を構えて撃《う》つ素振《そぶ》りの赤《あか》茶迷彩男《ちゃめいさいおとこ》に、スコープの照準を合わせました。

走っている男ですので、狙《ねら》いは少し前。

エムの指が引き金に触《ふ》れたと思った瞬間《しゅんかん》、スムーズに引き切っていました。

だんっ！

M14・EBRが、鋭《するど》く吠《ほ》えました。銃右側《じゅうみぎがわ》にある装塡《そうてん》レバーが、中にあるボルトと共に激しく往復。空薬莢《からやっきょう》を弾《はじ》き出《だ》し、次弾《じだん》を薬室に装塡《そうてん》——、一瞬《いっしゅん》の出来事です。

赤茶迷彩《あかちゃめいさい》の男は、首筋を上から射貫《いぬ》かれました。脊髄破《せきずいは》壊《かい》と認定《にんてい》され、数秒後の即死《そくし》コースへ。

転がった男が死にきるより早く、エムの右目はローデシア傭兵《ようへい》を捉《とら》えていました。

テンポよく放たれた次弾《じだん》が、仲間が撃《う》たれたことにまだ気付いていないその男の頭を、斜《なな》め上《うえ》から斜《なな》め下《した》へと、突《つ》き抜《ぬ》けていきました。

アンナは、頭の上から銃声《じゅうせい》が2発聞こえ、そして以後は静かになったことで、

「…………」

一瞬悩《いっしゅんなや》みましたが、走る足を止めました。

射手がもし味方なら、合流できます。

でも、もし、漁夫の利を得ただけの敵だったら——、次に撃《う》たれるのは自分です。

アンナは、ビルを見上げました。

そして、右側のビルの五階で、枠《わく》だけになった窓で、大きく振《ふ》られる帽子《ぼうし》と腕《うで》を見ました。


13時33分。

「エムさん、本当に助かりました。礼を言います」

エムのいるフロアに上ってきたアンナが、開口一番そう言って、

「敬語はいらない。言葉《ことば》尻《じり》を気にしすぎて、とっさの時に、情報を手短に伝えにくくなるからな。そして、どういたしまして。アンナ」

エムに迎《むか》えられました。

エムは、【Dead】タグ二つを見下ろしながら警戒《けいかい》を続けているので、アンナに顔を向けることはありません。

アンナが、フロアの入口手前でしゃがんで、そこで自分が入ってきた廊下《ろうか》側《がわ》を警戒《けいかい》しました。

室内では、全長が1．2メートルもあるドラグノフは取り回しづらいのですが、他の武器は9ミリ拳銃《けんじゆう》弾《だん》を撃《う》つストリージ拳銃《けんじゆう》だけなので仕方がありません。威力《いりよく》を重視しました。

エムが、左手でウィンドウを操作して、アンナに通信アイテムの接続を求めました。まだ数メートルは離《はな》れているので、距離的《きょりてき》に無理かなと思いましたが、大丈夫《だいじょうぶ》でした。

エムとアンナが、通信アイテムで繋《つな》がって、

「ダメージは？」

エムが小声で問いかけました。

「あちこち撃《う》たれて半分ほどに。さっき、救急治療《きゅうきゅうちりょう》キットを打ちまし——、打った」

「それは危なかったな。助けられてよかった。俺はここスタートだったが、アンナは？」

「もう少し北東の、フィールドマップだと右上ギリギリの場所。実は私、今回チームリーダーなので。ずっと隠《かく》れていたんだけど、さっきのスキャンで、近くにいたあの二人に簡単に見つかって、追いかけられていた」

「ああ、なるほど……」

エムの脳内で、地図が描《えが》かれていきました。

SHINCは、LPFM——、つまりレンとはマップの対角線上の、最果ての位置にいたことが分かっています。

そこにアンナがいたということですから、自分は今、マップの北東エリア、あるいは右上のどこかにいるわけです。

そして、アンナと一緒《いっしょ》にいる以上、スキャンの度《たび》に、すなわち10分おきに居場所がバレると

いうことでもあります。

「14時までここにはいられない。移動しよう。地図中央を目指す」

「了解《りようかい》」

エムは即決《そつけつ》し、アンナもそれに従いました。

「と、その前に、地図が見たい」

エムはアンナに近づくと、サテライト・スキャン端末《たんまつ》を取り出します。アンナの端末《たんまつ》を近づけると、地図が統合されました。

「情報が増えた。助かる」

エムの手の中の画面に、アンナが逃《に》げてきたときに描《えが》かれた地図がありました。

フィールドマップ右上のスタート地点から、南西に向けて2キロほど、細かくジグザグに進んでから、ある一点で南に折れ曲がっています。

そして1キロほど真《ま》っ直《す》ぐ南に進んでいます。

この直線が、目の前にある大通りなのは間違《まちが》いありません。大通りは南北に走っているわけで、ひとまずこの道をそのまま行けば、何があるかは分かりませんが、別のフィールドになるはず。

「その大通りを、できる限り早く通《とお》り抜《ぬ》けたい」

「すると……、何か乗り物を？」

「そうだ。近くに何かないか、急いで探そう」

アンナが腕時計《うでどけい》を見ました。13時35分を告げています。あと5分でスキャンが始まり、位置がバレます。

「この場所で待機して、5分後に、私を囮《おとり》にして、エムさんがやって来た敵を撃《う》つというのは？」

そんな提案。

しかしエムは、足早に階段を下り始めました。アンナが続きます。

「歩きながら話す。リーダー囮作戦《おとりさくせん》——、それも考えたが、イヤな敵のイヤな予感がするので避《さ》けたい」

「というと？」

「SJ4の戦闘記録映像《せんとうきろくえいぞう》、見たか？　俺達が、序盤《じょばん》に川と湿地帯《しっちたい》を渡《わた》ろうとしたときのことだ」

「ええ」

「俺達を橋の上で苦しめてくれた、DOOMって自爆《じばく》チーム。アイツらは、とにかく難敵だ。優勝を考えず、名のあるチームばかり狙《ねら》って自爆特攻《じばくとっこう》をかければいい連中だ。相手にするのは得策じゃない」

「でも、今回、参加チームリストにその名前はなかった。試合前に、みんなで確認《かくにん》したので間《ま》違《ちが》いない」

「そう。だから俺も、すっかり油断していた。でも間違《まちが》いだった。さっき、13時28分頃《ごろ》に、爆《ばく》発《はつ》の音をかすかに聞いた。隣町《となりまち》で花火大会があったときのような、光が見えないほどの遠雷《えんらい》のような、とても遠い、そして大きな爆発音《ばくはつおん》だった。今思うと、あれはＤＯＯＭの自爆《じばく》だったと思っている。エントリーリストに名前がないのは、戦法がバレているのを分かって、登録チーム名を変更《へんこう》したのだろう。別に禁止されていない」

「なるほど……」

エムとアンナは一階に下りて、ビルの出入口へ。

視界はもちろん、耳をすませて音を聞いて、周囲をしばらく警戒《けいかい》します。大丈夫《だいじょうぶ》と判断し、一人ずつ大通りに出ました。

さっき撃《う》ち殺《ころ》した二人の死体の脇《わき》を通って、

「行くぞ」

「了解《りょうかい》！」

エムとアンナが、南へと走り出しました。

ただし道路の中央ではなく、左側の端《はし》です。

もし撃《う》たれたら、すぐにでもビルの中に飛び込めるように。エムは、走りながら上方を、つまり建物の上を警戒《けいかい》することを忘れません。

アンナは、それに続きます。フルオートの一連射で、あるいは一個の手榴弾《しゅりゅうだん》で二人とも死なないよう、5メートル以上の距離《きょり》を常に空けて。

二人だけとはいえアンナは〝殿《しんがり》〟なので、銃口《じゅうこう》共々振《ふ》り返《かえ》って、後方を頻繁《ひんぱん》に警戒《けいかい》します。一度通り過ぎるのを待って、追いかけて後ろから襲《おそ》われるのが一番怖《こわ》いからです。

エムよりはアンナの方が足は速いので、引《ひ》き離《はな》される心配はありませんでした。

時々ある交差点では、エムが鏡で曲がった先を警戒《けいかい》、安全を確認《かくにん》してから、一人ずつ横断します。

13時36分。

アンナが、小声で訊《たず》ねます。

「聞いてもいい？」

「ああ」

「自爆《じばく》チーム、最大であと五人、メンバーが残っているってことだよね？」

「そうだ。そして、ヤツらは間違《まちが》いなく、大番狂《おおばんくる》わせ〝だけ〟狙《ねら》いで、優勝候補の場所を狙《ねら》って突《つ》っ込《こ》んで来る。つまり目標の一つはＳＨＩＮＣで、すなわちアンナだ」

「うっー」

アンナが、サングラスの下の顔をしかめました。まるで、ストーカーに狙《ねら》われている気分です。

「ストーカーに狙《ねら》われている気分だ」

気持ちが口に出てしまいました。自分では見えませんが、表情にも出ているはずです。

「そいつは災難だ」

エムが言いました。

ユーが言《ゆ》うか？

レンやフカ次郎《じろう》、あるいはピトフーイがこの場にいなかったので、ツッコむ人が不在でした。

「だがっ！」

エムが突然《とつぜん》、一つのビルの前で足を止めると、その窓ガラスに向けてM14・EBRのストックを豪快《ごうかい》に振《ふ》り下《お》ろしました。

頑丈《がんじょう》そうな窓ガラスが、次々に砕《くだ》けて消えて、

「今回はコイツで逃《に》げる」

その向こうに、一台の乗り物がありました。

私達の住むこの地球上に——、

《フォルクスワーゲン・タイプ1》という車があります。

この正式名称《せいしきめいしょう》はよく知らなくても《ワーゲン・ビートル》とか《カブトムシ》などの愛称《あいしょう》を

聞けば、ほとんどの人が、丸いライトを二つ付けた、なだらかなカーブ主体の愛くるしいフォルムの車を思い出せるでしょう。

ドイツが生んだ傑作小型車《けっさくこがたしゃ》です。

生まれは1938年と大変古く、1941年から2003年まで生産販売《せいさんはんばい》が続けられていました。大変な数が作られて売られました。

そのタイプ1――、ビートルを、オフロードレース用に改造した車両があります。

構造が単純で車両数が多く、お値段も安かったビートルは、レーサーが改造母体にするのにはうってつけだったのです。

車体はそのままビートルを使いますが、乗員保護と車体強度アップのために、太い鉄パイプを車内に、そしてフレームの下などに取り付けます。それは狭《せま》く入り組んでいて、まるで鳥籠《とりかご》です。

さらにボディの余計な部分のあちこちを切って、シンプルにします。ライトの位置も、ぶつけやすいフェンダーからボディに変更《へんこう》します。

オフロード走行で肝心《かんじん》な足回りは、とても頑丈《がんじょう》なサスペンションアームに交換《こうかん》。衝撃吸収《しょうげききゅうしゅう》のショックアブソーバーやスプリングは、これまた頑強《がんきょう》なレース用を装着。タイヤも、ゴツゴツした大きなオフロード用を履《は》かせます。

これらの改造で、車体幅《しゃたいはば》は、ノーマルのビートルよりグッと膨《ふく》らむことに。足だけが長く四《よ》隅《すみ》を力強く踏ん張《ば》ったような、元気のあるスタイルに生まれ変わります。

車体前後には、鉄パイプの頑丈《がんじょう》なガードや、ときに夜間走行用のライトを装着。

ビートルの空冷水平対向四気筒《よんきとう》エンジンは車体後部にあって、後輪だけを駆動《くどう》します。エンジンも、可能な限りパワーアップ。

こうしてできたビートルベースのオフロードバギーは、メキシコの《バハ・カリフォルニア半島》で行われる有名なオフロードレースにちなんで、《バハ・バグ》の通称《つうしょう》が付けられました。

由来は〝バハ・バギー〟の略とも、ビートルの愛称《あいしょう》の虫《バグ》とも。


とまあ、そんな詳細《しょうさい》な説明は一切合切《いっさいがっさい》せず——、
ビルの一階に飾《かざ》られていた、一台の黄色のバハ・バグの前で、

「コイツは動くと見た。しばらく周辺警戒《けいかい》を頼《たの》む」

エムはアンナに言いました。

言いながら、左手を操作して、装備の実体化を解いていきます。

防弾板《ぼうだんばん》を収めた背中の大きなバックパックが、そして肩《かた》にかけていたメイン武器であるM14・EBRが、光の粒《つぶ》になって消えました。右腿《みぎもも》の位置でホルスターに収まっていた、《HK

45》拳銃《けんじゅう》まで。

今のエムは丸腰《まるごし》です。敵に襲《おそ》いかかられたら、グーかパーで殴《なぐ》るしか、チョキで目潰《めつぶ》しするしかありません。

エムは鍔《つば》の広いブッシュハットを頭から取って、装備ベストにねじ込みました。そしてバハ・バグのドアを開け、車体左側にある運転席へと、巨体《きょたい》を滑《すべ》り入《い》れていきます。ちなみに、ドアにガラスはありません。

決して大きな車ではない上に、車内は安全対策の、《ロールケージ》と呼ばれるパイプフレームが走っています。さらにエムは巨体《きょたい》です。

いやこれ、入らないだろ無理だろ、と傍目《はため》には思われますが、そこはゲーム。ある程度融通《ゆうづう》を利《き》かせてくれます。

どうにかギリギリ座れて、なんとかハンドル・シフト操作ができるミッチリ感で、エムは運転席に収まりました。

エムは、ボロボロでメーターが全て壊《こわ》れているダッシュボードにあるボタンを、やたらめったら適当に押しました。鍵《かぎ》とか、そういう便利なアイテムは、付いていないので。

そして、ただの飾《かざ》りだと、廃車《はいしゃ》アイテムと思われたバハ・バグが――、

いいや、そうじゃないぜ？　と主張を始めました。

きゅるぎゅるぎゅるりと、スターターモーターが回って、車体後方にある空冷水平対向四気《よんき》

筒《とう》エンジンが、ばらんばらんばらと、乾《かわ》いた音を立て始めたのです。

ついでにエンジンには良さそうに思えない黒煙《こくえん》も派手に吹《ふ》きましたが、エムは気にしません。走ればいいのですよ、走れば。

「よし乗れ」

短い命令です。アンナは問い返します。

「銃《じゅう》は？」

エムの答えはシンプル。

「ストレージだ」

「………」

この先を武器なしで行くのかと、大変に呆《あき》れたアンナですが、四の五の言っていられる状《じょう》況《きょう》ではありません。

今は13時38分過ぎ。

あと2分足らずでスキャンが始まり、SHINCの看板を背負っている自分めがけて敵がたくさん、そして、ひょっとしたら自《じ》爆《ばく》野《や》郎《ろう》がやってくるかもしれないのです。

左腕《ひだりうで》の操作で、ドラグノフと右腰《みぎこし》のストリージ拳銃《けんじゅう》、武装全てを手放したアンナが、助手席へと座ろうとして、

「狭《せま》い！」

パイプが上にも下にも張《は》り巡《めぐ》らされている車内で、四苦八苦します。

なんですかこの狭《せま》い車は。乗る人のコトを考えていない設計は。

萌《もえ》がリアル世界で一番頻繁《ひんぱん》に乗る車——、レザーシートや内装が超豪華《ちょうごうか》で、車内が広くて超快適《ちょうかいてき》な、父親所有・運転のSUV、《レクサスLX》の爪《つめ》の垢《あか》を煎《せん》じてガブガブと飲ませたいです。ガソリンタンクに入れればいいのでしょうか？

ただし、
リアルに戻《もど》ったら、快適な車に乗ってくれているパパに感謝しておきましょう。

「パパ、この車ならドラグノフが余裕《よゆう》で持ち込めるよ！」

とか言うのは止《や》めておきましょう。

「いてっ！」

アンナは、鉄パイプに足や膝《ひざ》をぶつけながら、どうにか身を入れて、硬《かた》いシートに座りました。

もともと車内が狭《せま》いので、エムの巨体《きょたい》の右腕《みぎうで》と、決して低身長ではない自分の左腕《ひだりうで》がほぼ接触《せっしょく》しています。

これが好き合っている者同士のデートだと、さぞ雰囲気《ふんいき》が盛り上がるでしょうが、今は違《ちが》いますしそれどころではありません。

「シートベルトを。ハーネスになっている。肩《かた》と腰《こし》から持ってきて、ヘソの位置で、金属バックルに差し込んで留める。取る時はレバーを捻《ひね》る」

既《すで》に自分の分をキッチリ装着したエムに、そう言われました。

アンナは理解します。

装着させたのは、ノーシートベルトだと警察に切符《きっぷ》を切られるとか、そんなことではなく、

「了解《りょうかい》……」

これからエムは、シートベルトが絶対に必要な運転をするのだと。

アンナは言われたとおり、両肩《りょうかた》の上から二本、腰《こし》の左右から二本、垂らされていた幅広肉《はばひろにく》厚《あつ》のシートベルトを体の前に持ってきて、丸い金属のバックルに差し込みました。

リアルでは体格に応じたベルトの調整が必要なんでしょうが、GGOはゲームの中なので、それでキッチリと固定されました。

良く言えば、体とシートが一体化したような感覚です。悪く言えば、拘束具《こうそくぐ》。逃《に》げられない。

「よし」

アンナのシートベルトを確認《かくにん》したエムが、アクセルをぐぐっと踏《ふ》んで、
ばらんばらららららららん！

エンジン音がかなり高まりました。いわゆる〝空ぶかし〟です。

エムは別に、エンジン音を周囲にばら撒《ま》く迷惑行為《めいわくこうい》がしたいのではないのです。

アクセルペダルを踏《ふ》んでエンジンがちゃんと反応するか、つまり回転数が綺麗《きれい》に上昇《じょうしょう》するか

の出発前チェックです。

これをやらないで車を発進させると、すぐに道の真ん中でエンスト、顰蹙《ひんしゅく》を買うことになるかもしれません。

アンナが、サングラスにエムを映しながら、

「あのう……、安全運転で……、できれば……」

エムが左足でドスッとクラッチを踏《ふ》み、右手でガッコンとギアを入れ、

「すまない。先に謝っておく」

「ひい！」

そして右足でアクセルをドカンと踏《ふ》みこみ、クラッチをズバッと乱暴に放しました。


ぐがしゃん。

ビルの一階から、残っていたガラス窓やフレームを全て粉砕《ふんさい》しながら、バハ・バグが大通りに飛び出してきました。

そして左に急ハンドル。

長くなったサスペンションをぐぐぐと沈《しず》ませながら、車体は豪快《ごうかい》に右に傾《かたむ》き、

「ひゃあああああっ！」

このままゴロンと転覆《てんぷく》するとしか思えなかった助手席のアンナの悲鳴を、再び誘《さそ》いました。

ひっくり返らずに左90度ターンを決めたバハ・バグが、直線道路の疾走《しっそう》を開始しました。目指すは南。

霧《きり》の中で全然前が見えないのに、エムはギアを二速へ上げました。

そしてガッツリと引っ張って——、すなわち高回転までエンジンを使ってから、シフトアップ。エムは容赦《ようしゃ》なくアクセルを踏《ふ》みこみ、グイグイとスピードを増しました。

やがて四速に入れると、アクセルを少し抜《ぬ》いて一定にしましたが、もうこの時点で、時速で80キロメートルは出ていました。メーターがないので、体感速度ですが。

霧《きり》のせいで視界は20~30メートル。もし進む先に何かがあったら、この速度では絶対に止まれません。

「だ、だ、大丈夫《だいじょうぶ》なんですかっこれっ！　先に何かあったらぶつかりますよ！」

素が出て敬語になったアンナに、

「まあ、たぶん大丈夫《だいじょうぶ》だ」

エムはアッサリと答えました。

「なんでですかーっ？」

「さっきから、この大通りの上には、何もなかっただろう？」

「あっ！　確かに……」

アンナがこの道を走り出してから、そしてエムに助けられて以降も、大通りの上に廃車《はいしゃ》などの障害物はありませんでした。ビルの破片《はへん》も。

ずっと道路は広く、障害物はなく、必然的に銃弾《じゅうだん》を防いでくれる遮蔽物《しゃへいぶつ》がなかったので、アンナは走り続けるしかなかったのです。

エムが淡々《たんたん》と言います。

「濃《こ》い霧《きり》を出す以上、走行中ぶつかったら死ぬような障害物があると、それは性悪が過ぎる。ゲームデザイナーもそこは空気を読んで、道路はクリアにしてあると踏《ふ》んだ」

アンナは知りませんが、それがさっき、エムが道を見下ろしたときに気付いたことででした。

なるほど、と呟《つぶや》いたことでした。

「………」

そうであったらいいな。いえ、そうであってください。

そう思いながら、アンナは黙《だま》りました。

前は霧《きり》しか見えないので、エムは運転席側の脇《わき》、見えるビルの側面を頼《たよ》りに、付《つ》かず離《はな》れず、車を真《ま》っ直《す》ぐ走らせています。

道路が平らなので、車の揺《ゆ》れはそれほどでもありません。

オフロード走行用の長い、そして動き始めは柔《やわ》らかいショックアブソーバーの恩恵《おんけい》か、車体全体が高い場所でフワフワと浮《う》かんでいるような、不思議な走行感覚です。

「よし、間もなく時間だ。スキャンを見てくれ。自分達の位置が、マップのどのあたりか教えてほしい」

「りょ、了解《りようかい》！」

13時40分がやって来ます。

アンナはサテライト・スキャン端末《たんまつ》を——、シートベルトのおかげで若干《じやつかん》まごつきましたが、どうにか装備ベストの胸ポケットから取り出しました。スイッチを入れて、画面を見ました。

スキャンが開始されます。

触《ふ》れるとSHINCと表示される光点の位置が、アンナです。今猛《もう》スピードで南下しているので、点は動いていました。

そのことは、周囲の敵にも知られたでしょうが、車がなければ追いつけません。

そしてその場所は、

「マップ右上エリア、中央付近やや下を南下中！　あと2キロほどで、マップの中央線！」

「よし、いい報告だ。レンは無事か？」

「左下に！」

「十分だ。落とすのが怖《こわ》いので、端末《たんまつ》をしまっていい。さあて、ここからが、正念場だぞ」

エムの言葉に——、

その通りだあ！

とでも言わんばかりに、現れたヤツらがいました。

いえ、現れた車がいました。

かっ飛ばすバハ・バグが、同じくらいの太さの通りと十字に交わる、大きな交差点にさしかかったその瞬間《しゅんかん》――、
右側から、勢いよく飛び出してきた一台の車両。

助手席に座っていたアンナにはよく見えて、

「右に車っ！」

いち早く報告。

エムもチラリとそちらを見ました。

飛び出して来た銀色のクーペ。フロントに丸いヘッドライトが四つ。中央のグリルには、走る馬のエンブレムを掲《かか》げています。

向こうもこちらを見つけたのでしょう。既《すで》に右へハンドルを切って、車体を傾《かたむ》け始《はじ》めています。

ぶつかるようなタイミングでなかったのは、幸いです。その車は後輪を派手に滑《すべ》らせながら、交差点を右ターン。バハ・バグの追尾《ついび》を始めました。

エムはさっきの一瞬《いっしゅん》で、その車種を判別しました。

「《フォード・マスタング》の初代モデルじゃないか。歴史的名車だ。GGOでは、初めて見るな。SJ特別アイテムか？　乗ってみたい」

エムは、嬉《うれ》しそうに言って、

「そんな呑気《のんき》な！　アレに、自爆野郎《じばくやろう》が乗っているかも！」

ミラー越《ご》しに銀色の車を見るアンナの、悲痛な叫《さけ》び声《ごえ》が続きました。

2．5秒ほど、二台が単にドライブするだけの時間が流れました。バハ・バグの後ろ20メートルほどを、マスタングが追いかける形です。

「いや、乗ってない」

「なぜ分かる？」

「乗っていたなら、もう爆発《ばくはつ》しているからさ。この距離《きょり》なら十分だ。俺達は死んでる」

「…………」

まあ確かに。

アンナが思った瞬間《しゅんかん》、

がしゃん。

マスタングのドライバーが急加速をして、貴重な車をぶつけてきました。

外見はくすんでいますが、凹《へこ》みなどは一切《いっさい》なかったマスタングの綺麗《きれい》な車体に、大きな凹《へこ》みと傷が付きました。ヘッドライトが一つ割れました。

真後ろからの容赦《ようしゃ》ない追突《ついとつ》です。バハ・バグが激しく前後に揺《ゆ》れました。

エムがハンドルを小刻みに修正して、進路を保ちます。

「やっぱり向こうの方が、速いようだな。さすがはスポーツクーペ」

「そんな呑気《のんき》なっ！」

「しかし、ぶつけ方が下手だ。追突《ついとつ》では車は止まらない。前の車を止めるときは、後部の左右どちらかを押すようにぶつけるんだ。相手は横になるかスピンをする。アメリカで警官がよくやるテクだ。GGOでも使えるので、覚えておいてほしい」

「なにを呑気《のんき》なー！」

アンナは思いました。

今後エムの運転する車には、正直乗りたくないと。

ぱらららららっ。

そして後方から聞こえてきた軽快な発砲音《はっぽうおん》と、
カンカカカン。

バハ・バグの車体に銃弾《じゅうだん》が当たる乾《かわ》いた音。

「撃《う》たれてる！」

「うむ。撃《う》たれたか？」

「いえ！」

ちょっと分かりにくい言葉のやりとりですが、二人の間で意味は通じています。

訳すと、

「この車が銃《じゅう》によって撃《う》たれていると、ハッキリ認識《にんしき》できますわ。エムさん」

「そうですねアンナさん。ところで、自分は大丈夫《だいじょうぶ》なのですが、貴女《あなた》は今の銃撃《じゅうげき》で被弾《ひだん》してなどしておりませんわよね？　お怪我《けが》がとても心配です」

「お優《やさ》しいご配慮《はいりょ》、痛み入りますわ。幸いなことに、そのような状況《じょうきょう》は確認《かくにん》できておりませぬ」

という意味です。

アンナとエムが、ボロボロですがどうにか付いているサイドミラーで、20メートルほど後ろのマスタングを見ました。

運転席に人影《ひとかげ》があるのはもちろんですが、助手席にも人がいました。身を乗り出して、銃《じゅう》を向けていました。H&K社製のサブマシンガン、《MP5A4》でした。

その誰《だれ》かが、今撃《う》ちました。

エムは、ちょっとだけハンドルを切って避《さ》けました。被弾《ひだん》の音はしませんでした。

「二人乗っているな。もちろん、俺達の仲間ではないだろう」

「ど、どうする？」

「横に並ばれると厄介《やっかい》だ。逃《に》げ切《き》れるかな」

エムがハンドルを少し動かし、バハ・バグを大通りの左に寄せました。少し高くなっている歩道ギリギリです。

これは、マスタングに自分の左側に入ってこられないようにするため。助手席が右側だから、そこにいる男に撃《う》たれないためです。

その後すぐにエムはギアを一つ落として、アクセルを床《ゆか》まで踏《ふ》みこみます。バハ・バグが車体を後ろに傾《かたむ》けながら、猛加速《もうかそく》しました。

車体後部のエンジンが今まで以上に唸《うな》って、ほとんど悲鳴になります。〝これ以上回してはいけない〟というレッドゾーン寸前です。あるいは入っているかも。

「ひひいっ！」

アンナの顔がさらに引きつります。ぶつかったときに大した意味があるとは思えませんが、シートベルトを握《にぎ》りしめました。

エムは三速で限界まで引っ張ってから、トップギア四速へ。

この時点で、エムはアクセルをベタ踏《ぶ》み——、つまりこれ以上は下げられないほど踏《ふ》んでいますが、バハ・バグの速度は、体感時速100キロメートルで落ち着きました。

どうやらこのあたりが、アイテムとしての最高速度のようです。

そして、霧《きり》の中で出す速度ではありません。霧《きり》がなくたって、町中で出す速度ではありません。

これで逃《に》げ切《き》れるかと思いきや、

「そうはいかないか」

マスタングも、真後ろで一定の距離《きょり》を取って付いてきていました。速度的にはもっと出せる車なので、余裕《よゆう》なのでしょう。真後ろなのは、障害物があった場合を警戒《けいかい》しているのでしょう。

アンナは、呆《あき》れました。心底呆《あき》れました。

さっき障害物はないと踏《ふ》みましたが、この道路が丁字路《ていじろ》にぶつかって、頑丈《がんじょう》なビルで終わっていたらどうなるのかとか、考えていないんでしょうか？　エムは、そしてマスタングのドライバーは。

次の瞬間《しゅんかん》です。

「あっ！」

アンナは見ました。

フロントガラスの向こう、真正面に、霧《きり》の中から現れた人間を。

本当に一瞬《いっしゅん》しか見えなかったのですが、それはチームメイトではなく、見慣れたＬＰＦＭのメンバーでもありませんでした。強豪《きょうごう》チームのメンツでもなさそうです。

そして、見えたと思った瞬間《しゅんかん》、見えなくなっていました。

ドン、という音と共に、バハ・バグのフロントにある鉄パイプのバンパーに弾《はじ》き飛《と》ばされたからです。

男の体は、頭上に消えました。

「え？　あ……、今の……」

アンナが漏《も》らした言葉に、エムが応えます。

「ああ、誰《だれ》かを撥《は》ねた。なあに、一瞬《いっしゅん》だったがちゃんと見えた。味方じゃなかったから安心してくれ。味方であっても、レンならジャンプして避《さ》けたかもしれないけどな」

「………」

どこのチームのどなたかは分かりませんが、不運な人がいたようです。

ゲームの中なので許してください。

アンナは心の中で呟《つぶや》きました。

エムがサイドミラーで後ろを見ると、マスタングは付《つ》かず離《はな》れずそこにいて、

「まだ付いてきているな。撥《は》ねた今の男が、あれにぶつかってくれれば良かったんだが」

そんな危ないコトをサラリと言いました。ゲームの中の話です。

どうやらマスタングの二人、撃《う》ってもぶつけても無駄《むだ》で危険と判断し、無理をしない戦法に切《き》り替《か》えたようです。

つまり、このまま付《つ》かず離《はな》れず、しつこく追尾《ついび》し続けて、逃《に》がさない作戦に。無理な攻撃《こうげき》を仕《し》掛《か》けてくる相手より、そっちの方が厄介《やっかい》です。

二台が疾走《しっそう》すること、さらに10秒後、

「あと少しで、マップの南北中間線だ」

インパネのメーターが全滅《ぜんめつ》なので、肌感覚《はだかんかく》で走行距離《そうこうきょり》を測っていたエムが言いました。

「その先に何があるんだろうな？　まあ、無事に通《とお》り抜《ぬ》けられる地形であることを、切に祈《いの》ろう」

どうやらこのまま、速度を落とさずに通《とお》り抜《ぬ》けるつもりのようです。

アンナの顔が、引きつりました。

「こっ、荒野《こうや》とかだったら？」

「悪くない。点在する岩にぶつからなければ大丈夫《だいじょうぶ》だ。そのまま走って、燃料が尽《つ》きるまで逃《に》げ回《まわ》ろう。もし住宅地でも、道路くらいあるだろう。川ならそのままつっこんで、泳ごうか。一番イヤなのは、森かな。巨木《きょぼく》に激突《げきとつ》となれば、まず命はない」

淡々《たんたん》と、どこか嬉《うれ》しそうに話すエムの声を聞いて、アンナは思いました。

今後エムの運転する車には、絶対乗りたくないと。

逃《に》げるババ・バグと、追いかけるマスタングが、ビルの谷間を駆《か》け抜《ぬ》けていきます。

その大通りの左側の歩道に、一人のプレイヤーが立っていました。

「ぐっ――」

悲鳴のようなエンジン音に混じって、エムの声を、アンナは聞きました。

今まで聞いたことのない、余裕《よゆう》のない、苦々しい声を。

「何が？」

アンナの問いかけに、

「衝撃《しょうげき》に備えろ。お互《たが》い、生き残れると、いいな。幸運を祈《いの》る」

エムが答えました。

「え？　ああ……」

アンナが問い返しつつ、理解しました。

自分には一瞬《いっしゅん》チラリとしか見えず、その外見的特徴《がいけんてきとくちょう》が分からなかったプレイヤーですが、エムには分かったのだと。

それが、ＤＯＯＭの一員だと。


自分が立つ歩道の脇《わき》を、高速でやかましく通り過ぎる二台を見て、

「どっちかＳＨＩＮＣだろっ！」

彼は嬉《うれ》しそうに叫《さけ》びながら、体のあちこちに付いている紐《ひも》の一つを引っ張って、

「両方とも吹《ふ》っ飛《と》べっ！」

自爆《じばく》しました。

SJ5二回目の大爆発《だいばくはつ》は、一回目とだいたい同じ威力《いりょく》で発生しました。

違《ちが》っていたのは、爆発《ばくはつ》したのがビルの谷間であること。

必然的に、生まれた衝撃《しょうげき》は左右にあるビルをブン殴《なぐ》るのですが、鉄筋コンクリートで頑強《がんきょう》なビルの躯体《くたい》は、最終的には砕《くだ》け散《ち》りながらも、最後の抵抗《ていこう》を見せます。

すなわち、爆発《ばくはつ》の威力《いりょく》を反射させたのです。

ビルが撥《は》ね返《かえ》した分の衝撃《しょうげき》は、別のビルで反射。そして重なり合って、より空間が開けた方へと、逃《に》げるように向かいます。

つまりは大通りの上へ。

アンナは見ました。

バハ・バグのサイドミラーが一瞬《いっしゅん》、オレンジ色になるのを。

それはまるで、夕日の中のドライブで、沈《しず》みかけた太陽がミラーの中に音もなく入ったような、そんなロマンチックな一瞬《いっしゅん》でした。

実際には――、
ロマンチックの対極にいるような、ディストラクティブな瞬間《しゅんかん》でした。

オレンジの光は消えて、一瞬後《いっしゅんご》に衝撃《しょうげき》が襲《おそ》ってきます。

爆発《ばくはつ》の衝撃波《しょうげきは》は、時速100キロメートルで走る車を、赤子の手を捻《ひね》るような簡単さで追いかけて来て、追いついて、襲《おそ》いかかってきました。

広い大通りと言っても、空間としては狭《せま》いわけで、そこを通《とお》り抜《ぬ》ける衝撃《しょうげき》がビルの反響《はんきょう》でどれほど強化されているか――、
それを分かっているのは、GGOのシステムを動かしているコンピューターだけです。

とにかく〝とてつもない衝撃波《しょうげきは》〟が、まずは後ろを走るマスタングを襲《おそ》いました。

車体後部をふわりと持ち上げて、持ち上がったところで四角くフラットなボディ底面がさらに圧力を受ける形になり、一瞬《いっしゅん》で捲《まく》れ上《あ》がってひっくり返りました。

くるくるくると縦に横に何回転もしながら、マスタングが木枯《こが》らしに巻き上げられた枯葉《かれは》のように舞《ま》います。

「うひゃ！」

運転席に座って細いハンドルを握《にぎ》っていた男が、

「ぶばっ！」

そして助手席でMP5A4を撃《う》っていた男が、強力な遠心力に導かれ、開いていたドアウィ

ンドウから、ヌルリと外に放り出されました。

空中30メートルくらいの高さでのことです。

車よりずっと軽い二人は、さらに衝撃波《しょうげきは》に翻弄《ほんろう》されて――、
運転手は左側のビルの壁《かべ》に激突《げきとつ》して、そこで即死判定《そくしはんてい》をいただきました。

もう一人はバラバラに砕《くだ》け散《ち》っていくガラス片《へん》の中に突入《とつにゅう》して、大きな破片《はへん》の一つで体をスッパリと切断されて、やっぱりSJ5のフィールドから退場していきました。

貴重なムスタングは、投げ散らかしたアルミホイルのように宙を舞《ま》って、ビルの柱にルーフから着地して、そこでぐしゃりと、巻き付くように潰《つぶ》れてしまいました。

エムが見たら、名車の最後に嘆《なげ》いていたでしょうが、そんな余裕《よゆう》は当然ありませんでした。


どん！

猛烈《もうれつ》な音が、バハ・バグの車内を包んだかと思うと、エムとアンナの二人は、浮遊感《ふゆうかん》を味わっていました。

衝撃波《しょうげきは》は、蹴飛《けと》ばされた空《あ》き缶《かん》のように、バハ・バグを宙に舞《ま》わせました。車が突然《とつぜん》、ロケットになって斜《なな》めに打ち出されたかのような感覚でした。

そこに縦の回転が加わって、クルクルと回転しながら、丸っこくて小さな車体は大きな放物

線を描《えが》いていきます。

その中で、

「ぐっ！」

エムの唸《うな》り声《ごえ》に、

「きゃあああああああああああああああ！」

アンナの女性らしい悲鳴が被《かぶ》りました。

もう、二人はどうすることもできません。

「落ち着けアンナ。俺達はベルトを締《し》めている。車両と一緒《いっしょ》に飛ばされて——、落下しても、まだ助かるかもしれない」

「きゃああああああああああ！」

外は暴風のような轟音《ごうおん》が響《ひび》いていますが、通信アイテム越《ご》しの声だけは、お互《たが》いの耳にしっかりと届いてきます。

「恐《おそ》れると、アミュスフィアが強制シャットダウンするぞ」

「ひゃああああああああああ！」

「…………」

バハ・バグが大地に叩《たた》き付《つ》けられる数秒前に、エムはぽつりと言います。

「神崎《かんざき》エルザの次の曲は、泣けるバラードだ」

「え？　ホントですかあ？　楽しみ！」

「衝撃に備えろ」

どん！

回転していたバハ・バグが着地したとき、本当にただの偶然ですが、進行方向に車体が向いていて、タイヤが下にありました。

だからといって、アクション映画のような、無事な着地はしません。

ぐばきんっ！

サスペンションが衝撃《しょうげき》を吸収しながら、当然ですが落下の力を回収しきれず、取り付け部分から吹《ふ》っ飛《と》んでいきました。

同時にタイヤ四つは一瞬《いっしゅん》で破裂《はれつ》して、ホイールはそれぞれの外側へと、ゼンマイ仕掛《じか》けのオモチャのように撥《は》ね飛《と》んでいきました。

着地と同時に足を失った車体が、やや弱まった、しかし猛烈《もうれつ》な勢いで接地。

「ぐがっ！」

「きゃ！」

エムとアンナに強烈《きょうれつ》な縦荷重を加えて、ダメージ認定《にんてい》を与《あた》えました。背骨でも折ったと判断されたか、二人ともヒットポイントが一気に四割減りました。

ただ、タイヤとサスペンションが破壊《はかい》される分の衝撃吸収《しょうげききゅうしゅう》がなければ、例えば逆さになってルーフから落ちていたら、中の二人は即死《そくし》だったでしょう。

そして着地した車体は——、跳《は》ねます。

ボディだけになったバハ・バグは、前のめりにひっくり返りながら、5メートルほどの高さまで跳《は》ね上《あ》がり、さらに前進を続けます。

放物線の頂点で、いよいよバランスを崩《くず》して横になって、再びの落下から、再びの着地。

今度はゴロゴロと豪快《ごうかい》に、高速で回転しながら、その土地の上を進んでいきました。

赤みがかった空の下で、固く締《し》まった雪原の上を。


横に十七回転して、最後の一回転をしようとしてできず、ドスンと角度を戻《もど》すようにしてようやく停止したとき——、
バハ・バグは、既《すで》に車ではありませんでした。

車みたいな金属の板をほんの少しだけ残した、鉄パイプ製の無骨な籠《かご》、でした。

ドアもなければ屋根もなく、エンジンなど最初から付いていなかったかのようです。

それらのパーツは、ここまで移動した線に沿って、雪原に広く散らばっていました。

籠《かご》は、上下が、走っていたときとは逆さになっていました。

その中にはシートが二つ固定されていて、それらには、シートベルトで人間が二人固定されていました。

エムは、頭に血が上っていく感覚をヴァーチャル世界で感じながら、

「アンナ……、まだ生きてるか……？」

散々振《ふ》り回《まわ》された首がまだ痛いので、すぐ隣《となり》を見ることもできずに聞いて、

「いいえ、私は既《すで》に死んでいます。覚えているだけで、三回くらい死にました。今の私は、オバケです。自分で言うのだから、間違《まちが》いないのです」

しっかりとした口調の、そして何を言っているのか分からない返事を聞きました。

エムが、

「いてて……」

百倍寝違《ねちが》えたような首を動かして右隣《みぎどなり》を見ると、そこには、生きているのか死んでいるのか分からない、ポカンと口を開いた、金髪美女《きんぱつびじょ》の横顔がありました。

ニット帽《ぼう》が吹き飛《と》んでいて、長い金髪《きんぱつ》がだらりと、垂れ下がっています。

でも、サングラスはズレていませんでした。


「まだシートベルトを外すな。今からやる方法を、見ていてくれ」

エムがそう言いながら、逆さになった車両からの――、既《すで》にババ・バグは車両ではありませんが、逆さになった状態からの、正しい脱出方法《だっしゅつほうほう》を実演します。

まずは利《き》き腕《うで》の右腕《みぎうで》を、頭の下にある天井《てんじょう》に、この場合は鉄パイプに添《そ》えて力をかけました。両足も同じように、踏《ふ》ん張《ば》ります。

左手でバックルを外すのはそれから。外した瞬間《しゅんかん》に体重が下に、主に右腕《みぎうで》にかかるので、手足の力で堪《た》えつつ、素早《すばや》く左腕《ひだりうで》をサポートに回し、体の落下を防ぎます。

何もせずにシートベルトを外すと頭から落ちるので、最悪の場合、首の骨を折ってしまいます。それだけは、絶対に避《さ》けなければなりません。

そしてエムは、鳥籠《とりかご》から這《は》い出《で》るようにして、白く硬《かた》い雪原の上に転がりました。頭がクラクラするのを我慢《がまん》しながら立ち上がり、アンナの方へと回り込むと、

「失礼」

逆さまになっている彼女の体を支えつつ、脱出《だっしゅつ》するのを手伝いました。

どうにかこうにか、アンナが、車の外に這《は》い出《で》ました。

鉄パイプの鳥籠《とりかご》の外で、二人はそれに寄りかかります。

腕《うで》を動かし、それぞれの体に、それぞれの救急治療《きゅうきゅうちりょう》キットを打ちました。ヒットポイントの、スローな回復が始まりました。

そして、そのスペクタクルな景色を見るのです。

「おお……。すごいな……」

「なんか、綺麗《きれい》ですね……。空も町も……」

エムとアンナの目に、赤く青い空が見えました。

爆発《ばくはつ》の爆風《ばくふう》で、周囲の、そして上空の霧《きり》が、吹《ふ》き飛《と》んでしまっているのです。

その空の下で、さっきまで自分達がいた、マップ北東部の廃都市《はいとし》エリアが、クッキリハッキリと見えていました。

現実ではまず見ることのない風景が、エムとアンナの目の前に広がっています。

さっきまで巨体《きよたい》を誇《ほこ》っていたビルの半分は、崩《くず》れ落《お》ちていました。文字通り、瓦礫《がれき》の山でした。

その周囲で、今も、土埃《つちぼこり》をあげながら現在進行形で崩《くず》れているビルがあります。ごごごごご、と、崩壊《ほうかい》の地響《じひび》きが足元から伝わってきました。

あの爆発《ばくはつ》は、その近くにあった廃《はい》ビルを数十本吹《ふ》っ飛《と》ばし、周囲の地形を変えてしまいました。大通りは完全に封鎖《ふうさ》されました。地図を、描《か》き換《か》えないといけません。

都市部上空には、巨大《きよだい》なキノコ雲が立ち上っています。まるで、ビルの栄養を全て吸って、超巨大《ちようきよだい》キノコが生えたかのよう。

二人が今いる雪原は、都市部からスッパリと線で切ったかのように始まっていました。

マップデータを切《き》り貼《ば》りしたような、実に鮮《あざ》やかな境界線です。地図を作る人が、面倒《めんどう》くさいから、データのコピペでもしたかのよう。

その境界線が、マップの南北中央線なのでしょう。

二人は、境界線から500メートルほど南に入った場所にいました。つまりそこまで吹《ふ》っ飛《と》ばされて、そして転がってきたということになります。

爆発《ばくはつ》の瞬間《しゅんかん》も霧《きり》が濃《こ》くて見えませんでしたし、吹《ふ》っ飛《と》ばされている間などなおさら分かりませんでしたが、ほとんど都市部は抜《ぬ》けていた瞬間《しゅんかん》に爆発《ばくはつ》したようです。

雪原の周囲も霧《きり》が晴れ、どこまでも平らに広がっています。

エムが、振《ふ》り返《かえ》ります。さすがに地平線は見えませんが、数百メートル先まで白い景色が見えて、

「くっ！」

エムが唸《うな》りました。

そこに、ゴマ粒《つぶ》のような点が幾《いく》つも見えてきたからです。雪原だけではなく、都市部の根本、雪原との境界線にも、小さな点が動いているのが見えました。

「残念だが、ノンビリしている余裕《よゆう》はない」

「え？」

風が吹《ふ》いてきました。

キノコの根本へと強風が吹《ふ》き始《はじ》め、遠くにあった霧《きり》を集めてきます。

雪原の周囲も、巨大《きょだい》なビル群も、どんどん見えなくなっていきます。

ってきている」

「周囲に十数人が見えた。雪原フィールドで動かずにいたプレイヤー達が、俺達を見つけて迫《せま》

「えええええっ！」

アンナも、事態の深刻さに、あるいはヤバさに気付きました。

エムが左腕《ひだりうで》を振《ふ》ってストレージ操作をしています。アンナもすぐさま始めました。

エムとアンナが、武装を取《と》り戻《もど》します。光の粒子《りゅうし》が、銃《じゅう》になって、防具になっていきます。

「ど、どうしよう？」

ヒットポイントが半分ほどになってしまっているアンナが聞いて、

「生き残りたければ、戦うしかない」

六割強のエムが言いました。

「逃《に》げるのは？」

「都市部からも来ていた。既《すで》に囲まれている」

「ああ……、ボス、どうやら囮《おとり》の役目はここまでのようです……」

「諦《あきら》めるのは、まだ早い」

エムが、実体化したばかりのバックパックを背中から下ろしました。口を開いて逆さにして、中身をドカドカと落としました。

それは、これまでのSJで大活躍《だいかつやく》をしてきた、幾度《いくど》となくエムやチームメイトの命を救って

きた防弾板《ぼうだんばん》。あるいは楯《たて》。

エムが、ジョイント部分を手早く外しながら言います。

「死んだ車に、もうちょっと活躍《かつやく》してもらおう。パイプフレームにこれを貼《は》り付《つ》けて、俺達の防御陣地《ぼうぎょじんち》にする」

「そんな……」

エムが、板をバラバラにしました。

一枚のサイズは、縦が50センチメートル。横が30センチメートル。それが八枚ありますので、かなりのエリアをカバーできるはず。

とはいえ、相手がフルオートで撃《う》ちまくってくれば、隙間《すきま》から弾《たま》は、確実に飛び込んでくるでしょう。

「幸いにも、俺達はセミオートで連射できるスナイパーだ。ここで、迫《せま》る敵を、見え次第《しだい》撃《う》って迎《むか》え撃《う》つ。腹をくくれ」

「…………」

「それとも、仲間達を残して降参するか？」

アンナは、言葉では答えませんでした。

実体化したドラグノフを手に取ると、装填《そうてん》レバーを引いて、初弾《しょだん》を薬室に送り込みました。

SECT.9

第九章　合流・その2

第九章「合流・その2」

13時45分。

雪原を一人スキーで走るシャーリーは、激しい戦闘《せんとう》の音を認識《にんしき》しました。

自分が今進んでいる方向の、右前方からの音。

シャーリーは雪原のあちこちを既《すで》に走り回っているので、雪原に限って言えば、かなりマッピングされています。

そのおかげで、だいたいのエリアを理解しています。そして方角も。

今スキーが向いているのがだいたい北北西なので、銃撃音《じゅうげきおん》が聞こえてくるのは、

「ほぼ北だな。どうするか……」

シャーリーは迷いました。

銃声《じゅうせい》は数百メートル、あるいはもっと遠く、1キロメートルくらい離《はな》れた場所から、間断なく聞こえています。

ハッキリはしませんが、まず一人や二人ではない賑《にぎ》やかさです。

「あの爆発《ばくはつ》で、動きがあったな……」

さっき、DOOM——、今日は《BOKR》という名前で登録してあるそうですが、自爆《じばく》チームの一人の爆発《ばくはつ》は確認《かくにん》しています。時計を見たら13時41分頃《ごろ》のこと。

その際、数十秒ほどの北側の空がとても明るく見えたのは、爆発《ばくはつ》が霧《きり》を吹《ふ》き飛《と》ばしたからでしょう。それも今は、戻《もど》っていますが。

その際にお互《たが》いの居場所が判明したのでしょう。今日初めて聞く、激しい銃撃戦《じゅうげきせん》の音です。

十人以上はいるでしょう。

「ならば……」

戦闘《せんとう》に夢中になっている連中がたくさんあそこにいるのなら、

「背中をつっかせてもらおうか」

コッソリ後ろから忍《しの》び寄《よ》って、遠慮《えんりょ》なく屠《ほふ》る。

シャーリーは、スキーで走り出しました。

1分後。

シャーリーは、

「なんだこいつら。射撃練習《しゃげきれんしゅう》の的か」

あまりも簡単に、敵を撃《う》ち抜《ぬ》いていました。

シャーリーが霧《きり》の中を慎重《しんちょう》に進んで行くと、銃撃《じゅうげき》の音とマズル・フラッシュが見えてきました。相手は逆方向に撃《う》っているので、まったくこっちに気付いていません。

時間経過で霧《きり》が少々薄《うす》くなり、30メートルくらいは見えています。その距離《きょり》でシャーリーは止まると、一度周囲を確認《かくにん》。R93タクティカル2を楽に構えて、引き金を引きました。

伏《ふ》せて銃《じゅう》を撃《う》っていた男は、首筋に炸裂弾《さくれつだん》を喰《く》らい、それで死にました。自分がどうやって死んだか、何一つ分からないまま。


その30秒後。

「だからさ、少しは後ろを警戒《けいかい》しろよ……」

シャーリーは、そいつに説教をくれてやりたい気分で、二人目を屠《ほふ》りました。

彼も同じように、霧《きり》の向こうに見える何かを撃《う》っていました。

彼の位置からは見えるのでしょうが、シャーリーの位置からでは、ぼんやりと黒い塊《かたまり》が、人間よりだいぶ大きな何かがある事しか分かりません。

そして、そこで時々マズル・フラッシュが光るので、誰《だれ》かが応戦しているようです。

「車か……？」

シャーリーはスコープで見てみましたが、分かりません。分からないものは、撃《う》ちません。

ただ、車だとしたら、動いていないのが気になります。ここまで走ってやって来たはずでしように。

タイヤでも射貫《いぬ》かれたのでしょうか？　あるいはガス欠か。

さらに1分後、

「なんか、つまらなくなってきたぞ……」

シャーリーは、立て続けに二人を屠《ほふ》っていました。

よく分からない黒い何かを、遠巻きにぐるりと回り込むように移動すると、そこには、服装が違《ちが》うので仲間ではないでしょうが、二人の男達がいました。

3メートルほどの距離《きょり》をとって、一人が伏《ふ》せてマシンガンを撃《う》っている間、もう一人が肉薄《にくはく》しようと迫《せま》っています。

ばん、じゃかん、ばん。

シャーリーが、撃《う》って装塡《そうてん》して撃《う》った音です。

そして、世界が静かになりました。あの二人が、最後の生き残りだったんでしょうか。

銃撃戦《じゅうげきせん》がやんで、急にシンとなった空気の中で、シャーリーはひとまず伏《ふ》せると、黒い塊《かたまり》が気になりました。

誰《だれ》かがそこにいるのなら、ついでにぶっ殺してあげたいです。

見えるギリギリまで近づきたいですが、雪原には遮蔽物《しゃへいぶつ》がありません。匍匐前進《ほふくぜんしん》していっても、向こうからちょっとでも見えたら、容赦《ようしゃ》なく撃《う》たれるでしょう。

「あ、あるじゃんか」

シャーリーは気付きました。

自分の体を銃弾《じゅうだん》から守ってくれる遮蔽物《しゃへいぶつ》が、目の前20メートルほどの場所に転がっていたのです。それも二つも。

シャーリーは、足のスキーと両手のストックを、一度ストレージにしまいました。

代わりに、足には実体化させたアイゼンを装着しました。アイゼンとは、主に雪山登山に使われる、尖《とが》った爪《つめ》を幾《いく》つも付けた滑《すべ》り止《ど》め金具。

シャーリーは、男の死体の脇《わき》まで、その陰《かげ》になるように匍匐前進《ほふくぜんしん》しました。【Dead】タグを光らせているその男の死体の、すぐ手前にやってきました。車の影《かげ》がだいぶ濃《こ》くなりました。

シャーリーはR93タクティカル2を死体の上に載《の》せて、そして、
せーの。

あとは体力勝負。

両足のアイゼンの爪《つめ》を雪原に食い込ませて、匍匐前進《ほふくぜんしん》での、力業《ちからわざ》の死体押しです。

死体はそれ以上どんな破壊《はかい》もできない《破壊不可能《はかいふかのう》オブジェクト》ですが、その場から移動ができないわけではありません。

だってそうじゃないと、自分の頭の上で誰《だれ》かが死んだら、下の人は死体が消えるまでの10分間、まったく動けなくなってしまいますから。

固《かた》く締《し》まった雪原の摩擦係数《まさつけいすう》は低く、シャーリーがアイゼンで雪を蹴飛《けと》ばす度《たび》に、死体もまたズッと滑《すべ》って前進しました。強力な蟹股《がにまた》が、今雪原に登場しました。

進むにつれて、車の様子が分かってきました。

それは、車ではありませんでした。

鉄パイプのフレームに、防弾板《ぼうだんばん》をつけただけの、GGOで見たことも聞いたこともない謎《なぞ》の物体でした。

そしてスコープで覗《のぞ》くと、その中に、

「なんだ、お仲間かよ。しかも撃《う》つ必要のない」

エムの姿と、アンナの姿が見えました。

二人とも体中を被弾《ひだん》エフェクトの光で光らせていて、薄《うす》い霧《きり》の中で、妙《みょう》に綺麗《きれい》でした。LEDを派手に光らせる、ゲーム用のパソコンのような外見になっていました。

「よくあれで生きてるな」

シャーリーが呟《つぶや》きました。

＊　＊　＊

「さすがに死んだかと思った」

「私もです……」

「礼を言うぞ、シャーリー」

「私もです……」

「いいからシャキシャキ歩きな。本当に死んじまうぜ」

スキーのシャーリーを先頭に、アンナ、エムの順番で縦列を作り、三人が霧《きり》の雪原を南へと進んでいきます。

時間は13時53分。

4分ほど前のこと。

周囲に敵がいないことを確認《かくにん》して、シャーリーはエムに大声で話しかけました。仲間がここにいるぞ、と。

そしてエムは、言いました。こっちに来てくれと。

しょうがねえなあと、立ち上がったシャーリーが行くと、元々は車のロールケージだった鉄パイプの籠《かご》の中に、図体《ずうたい》のデカいエムと、あまり小さくないアンナが詰《つ》まっていました。

その周囲には、エムの楯《たて》の防弾板《ぼうだんばん》が、ダクトテープで貼《は》り付《つ》けられていて、

「すまない。やたらめったら貼《は》ったのと、撃《う》たれて体中が痺《しび》れていて、中から出られないんだ」

エムが情けないことを言いましたとさ。

シャーリーがよく見ると、周囲にはたくさんの【Ｄｅａｄ】タグが散らばっていました。特に北側に多く、十個くらいはあるでしょうか？

つまりそれらは、エムが狙撃《そげき》で屠《ほふ》った相手です。よくもまあ、殺しに殺したものです。

アンナもそれなりにぶっ殺したようで、シャーリーが来なかった方角で、やっぱり数人の死体がありました。

なるほどここで陣取《じんど》って、防弾板《ぼうだんばん》に守られ、しかし隙間《すきま》から飛び込んだ銃弾《じゅうだん》に容赦《ようしゃ》なく撃《う》たれながらも、二人は頑張《がんば》ったのです。

それにしても、これだけあちこちに被弾《ひだん》して、よく生きているものです。体の端《はし》なので、致《ち》命傷《めいしょう》までいかなかったのでしょう。

シャーリーがダクトテープを剣鉈《けんなた》でバッサバッサ斬《き》って、ようやくエム達は自由になりました。

エムのヒットポイントが、シャーリーの視界に表示されました。バーが大変に短く、残り一割もありません。救急治療《きゆうきゆうちりよう》キットは既《すで》に打って、回復モードにはなってはいますが。

「生きてる……」

呆《ほう》けたようにドラグノフを抱《だ》きしめているアンナも、同じようなものでしょう。

見ると籠《かご》の中と外に、アンナのドラグノフの10連発マガジンと、エムのM14・EBRの20連発マガジンが、空になって大量に転がっていました。

牽制《けんせい》もあったでしょうが、どれほど撃《う》ちまくったのか。さっきシャーリーが聞いた銃声《じゆうせい》の、半分以上はエムとアンナが撃《う》ったのでしょう。

そして、二人とも手持ちをほとんど使い切ったのではないでしょうか？　弾薬復活《だんやくふつかつ》がなければ、ほとんど戦闘能力《せんとうのうりよく》を失っていたことになります。

「そろそろスキャンだぞ。ここで見るか？」

シャーリーが聞いて、楯《たて》をバックパックに戻《もど》していたエムが即答《そくとう》します。

「ああ。だが、見たらすぐに移動しないと、危ない」

「なんでだ？」

「アンナがSHINCのリーダーだからだ。ここに敵が殺到《さつとう》する。自爆《じばく》チームが名前を変えて参加していて、まだ四人は残っている。さっきそれで、車ごと、都市部から吹《ふ》っ飛《と》ばされてきた」

「なるほどね……」

　そうして、50分のスキャンを見た三人は、ひたすら南下しているのです。

　雪原を進みながら、

「通信アイテムは繋《つな》がなくて、いいのか？」

　最後尾《さいこうび》のエムが訊《たず》ねました。シャーリーはさっきエムが提案したとき、サラリと断っています。

「これで聞こえるよ。それに、私は今もピトフーイ狙《ねら》いだ。SJ5のバラバラスタート、私のためにあるような特殊《とくしゅ》ルールだな。だから、お前達二人を安全な南に逃《に》がしたら、トンズラするさ」

「そうか。好きにしてくれ」

　アンナが、

「なんで、南が安全だと？」

　そんな質問をして、シャーリーはさも当然そうに答えるのです。

「SJが始まってからさっきまで、雪原にいたほとんどのプレイヤーは、私が屠《ほふ》ってしまったからさ。その中には、巨大《きょだい》なリュックを背負っていた自爆野郎《じばくやろう》もいた。おっと安心しろ。SH

ＩＮＣのメンツは見なかったよ。ちゃんと別のフィールドに逃《に》げたんだろう」

「なるほど……」

「3キロほど南下したら、すぐに西に行け。運が良ければ、レンと合流できるだろう」

こうして、三人はひたすらに、南へと進みます。

その様子を、見ることはできませんでしたが——、
聞くことはできるプレイヤーが、一人だけいました。

＊　　＊　　＊

13時50分。

五回目のスキャンを、狭《せま》い地下室でぎゅうぎゅう詰《づ》めになりながら見た三人がいました。

レンとフカ次郎《じろう》と、ボスです。

それで知った情報によると、残りは二十五チーム。

さすがにあちこちで戦闘《せんとう》があって、六人が全滅《ぜんめつ》したチームが五つ出たようです。

「まだ合流すらできていないのに……。カワイソ……」

「レンや、敵に同情するのは、お前さんの悪いクセじゃぞ。ここは素直《すなお》に喜んでおこうじゃないか」

「まあそうだけど」

当然ですが、ＭＭＴＭやＺＥＭＡＬ、そしてＳＨＩＮＣは生き残っています。

ＭＭＴＭは、スタート地点のマップ左上から少し中央に寄ったのですが、まだそのエリアにいます。

たぶんですが、そこは隠《かく》れる場所に困らないフィールドなのでしょう。デヴィッドからリーダーマークを引《ひ》き継《つ》いだ誰《だれ》かは、一切《いっさい》無理をしていません。

ＺＥＭＡＬは、右下の角。本当にギリギリの隅《すみ》っこでした。こちらもほとんど動きなし。

「これはあれだ――」

フカ次郎《じろう》が気付きます。

「フィールドの限界にいるから、敵は正面からしか来ない。背後を気にせず撃《う》ちまくれるってやつだな」

「なるほど……。前方に見えてきた黒い影《かげ》は全て全力で撃《う》てばいいってことか……」

レンが納得《なっとく》しました。

彼等《かれら》のマシンガンの火力なら、そして弾薬復活《だんやくふっかつ》もあるので、そんな強引《ごういん》な勝ち方もアリでしょう。ＤＯＯＭの一人が、それを倒《たお》すために行かなかったようです。

そしてＳＨＩＮＣ、あるいはアンナは、だいぶ南下して、フィールド右上を出て、右下のエリアにさしかかる場所にいました。

「一気に移動している。アンナのヤツ、かなり頑張《がんば》っているようだな」

ボスがニヤリと笑いました。

実際、彼女は今までで一番頑張《がんば》ってはいるのですが、何度も死にかけています。

スキャンが終わりました。

今レンが隠《かく》れている場所の周囲に、少なくとも3キロメートル以内に、リーダーマークはありません。

しかし、しつこいようですが、それは周囲に敵が一人もいないことを意味しません。

「急いで移動しよう！　東に！」

レンが言って、ボスが訊《たず》ねます。

「構わないが、理由は？」

「太陽が昇《のぼ》る方だからさ。こう見えて、レンは向日葵《ひまわり》の生まれ変わりでな」

フカ次郎《じろう》が何か言いましたが、レンは無視します。

「少しでもアンナに近づくため。あと、さっき倒《たお》した大量の敵は、主に東から来たと思う。だから、そっちは人口密度が薄《うす》くなっているはず」

「納得《なっとく》だ。まあ、敵がいたとしても、楽しくぶちかましていこうじゃないか。私が、レンの前に立つよ」

「おいおい、前が見えねーよ」

「フカ、そうじゃねえ」


というわけで、三人は地下室から出ました。

霧《きり》は残り10分で完全に晴れるとかいう話ですが、そしてさっきよりは薄《うす》くなった気がしますが、まだ40メートルくらい先しか見えません。

先頭は、ヴィントレス消音狙撃銃《しょうおんそげきじゅう》をフルオートモードにしたボス。前方と右を警戒《けいかい》。

その5メートル後ろに、サプレッサー付きP90を持ってポンチョに身をくるんだレン。前方と左を警戒《けいかい》します。

そして、その3メートル後ろで、両手にグレネード・ランチャーのフカ次郎《じろう》。殿《しんがり》ですので後《こう》方警戒《ほうけいかい》を怠《おこた》りません。

レンとフカ次郎《じろう》だけはPM号で行く、そしてボスはその陰《かげ》で銃弾《じゅうだん》から身を守る、という手もあったのですが——、
それだとやっぱり移動速度が、そして何より攻撃力《こうげきりょく》が落ちますので、ここは自分達の足で、愛銃《あいじゅう》を手に進むことにしました。

霧《きり》の中なので、走ることはしません。ボスが、注意しつつ早歩きで進む程度の速度。

さっきレン達がぶっ殺した死体が散らばっているエリアを進みながら、ボスが小声で訊《たず》ねま

す。

「それにしてもフカ、さっきはよくぞシノハラと手を組めたな。連中、嫌《いや》がりそうだが」

レンも、警戒《けいかい》は怠《おこた》らずに、口と耳を使います。

「そうそう。さっきなんか、〝同じシノハラ〟繋《つな》がりとか言っていたけど」

フカ次郎《じろう》のリアルが篠原美優《しのはらみゆ》なのは、ボスも知っていること。レンは遠慮《えんりょ》なく言いました。

「ああ、簡単なこってえ。操車場でな、敵をマシンガンでバリバリ屠《ほふ》ってるシノハラ見つけてな、こりゃ頼《たの》もしいと思って、バレない程度に、後ろをつけたわけだ」

「安全な場所にずっと隠《かく》れていろって、エムさんが言ったのに……」

「心機一転だぜ」

「臨機応変？」

「そうとも言う。したっけな、マシンガンが強いとは言え、所詮《しょせん》は、ヤツは一人よ。敵を撃《う》っている間に、もう一人に回り込まれそうになってな、そいつをオイラが、グレネードの直撃《ちょくげき》で屠《ほふ》った」

「なるほど」

「で、霧《きり》で見えない場所から、助けたシノハラに大声で話しかけたって寸法さ。オイラの本名をバラしてまでもな。『たぶん血の繋《つな》がらない親戚《しんせき》だ！』って言い張ったら、向こうはそれで妙《みょう》に納得《なっとく》してくれてな。『そうか、同じシノハラならしょうがない』って、まったく何がどうしょうがないのか、オイラが知りたいぜ」

「お主……。そんな風に縁《えん》を感じて組んでくれた人を……、謀《たばか》って殺したのか……」

レンは呆《あき》れました。

まったくフカ次郎《じろう》は、本当にフカ次郎《じろう》です。

「ヤツに付いていけば、ビービーを仕留めるチャンスが来ると信じての、本名をバラしてまでの、捨て身の行動だったのになあ……。まったく、あとほんのちょっと、だったのになあ……。おうレン、この落とし前、いったいどうつけてくれるんじゃ？」

フカ次郎《じろう》がレンをギラリと睨《にら》んで、

「知るか」

レンは即答《そくとう》しました。


その５分後。

すなわち、13時56分。

「レンは、巨木《きょぼく》の生える森の中で、野生のピトフーイに出会いました」

「フカ、変なナレーションやめろ」

住宅地が定規で切り取ったかのように突然《とつぜん》終わり、そして突然《とつぜん》始まった隣《となり》のフィールド――、巨木《きょぼく》の森の中を進んでいたレン達は、怪《あや》しい濃紺《のうこん》つなぎ顔タトゥー女と再会しました。

霧《きり》の中での遭遇《そうぐう》で撃《う》ち合《あ》いにならなかったのは、ピトフーイが先に見つけて、話しかけてきたからです。

四人で固まって、大きな木の脇《わき》で全周囲を警戒《けいかい》しながら、繋《つな》いだ通信アイテムで、小声でやりとりします。

「ここまで敵がいないと思ったら……、そういうことか」

ボスが呆《あき》れます。

入ってからここまで、巨木《きょぼく》の森の中には、チラチラと死体が散らばっていました。あちこちで【Ｄｅａｄ】タグが煌《きら》めいていました。

どれもこれも、この女がやったに違《ちが》いありません。森の中をブラブラしていたプレイヤーは、みんな殺されてしまいました。

そのピトフーイ、いつものニンマリ笑顔《えがお》で楽しそうに言います。

「やっほー、みんなご息災で何より。ここまでどんな楽しいコトがあった？　私は何も。虚《うろ》に籠《こ》もって、ウロウロと近寄ってきた敵を、サクッと屠《ほふ》っていただけ」

レンが答えます。

「いろいろありすぎて語るのも大変。ただ、フカ次郎《じろう》がとんでもないことをしてくれた。後で反省会を開く必要がある」

「なんだと！」

「ま、詳《くわ》しくはゲームオーバー後に聞くわよん。今は戦いに集中しましょ」

「その前に一つ、質問いいかな？　ピトフーイ」

ボスが、それに気付いてしまったので言います。ピトフーイに問います。

「何かしら？」

「森スタートだったということは、レン達を狙《ねら》ってやってきた賞金目当て結託《けったく》チームのことには、気付いていたハズだ。彼等《かれら》は霧《きり》の中で、さぞ大声を出してメンツを集めただろうからな。あなたはそれに気付いていて――、わざと見逃《みのが》したな？」

「あっ！」

レンがちょっと大きな声を出しました。

そこに気付いたボスも凄《すご》いですし、気付かなかった自分の寸足らずさにも驚《おどろ》きますが、何よりも、ピトフーイのその行動に呆《あき》れます。おかげでこっちは酷《ひど》い目にあったぞ。

「んんー？　さーて、どうだったかなー？」

全力でしらばっくれようとして、全然しらばっくれられていないピトフーイに、

「まったく――」

お？　ボスが、怒《おこ》ってくれるんでしょうか？

レンのために、ピトフーイを叱《しか》ってくれるんでしょうか？

いいぞボス。やれやれボス。

レンが思った瞬間《しゅんかん》に、

「さすがだぜ！　ピトフーイ。チームメイトを一切《いっさい》甘やかさないその姿勢、私も見習わなければな！」

ちと待て。

レンは心の中で、早撃《はやう》ちガンマンもかくやという早ツッコミを入れました。

「さすがはボス。上に立つ人間の気持ちが分かってるー」

おい待て。いや違《ちが》うぞ。ボスは、アンタが神崎《かんざき》エルザだって知ってるから、崇《あが》めて持ち上げているだけだぞ？

「お褒《ほ》めいただき光栄。わっはっは」

「なあにこれしきのこと。わっはっは」

よし、二人は放っておこう。

レンは思いました。もっと実のある話をしようと思いました。だから訊《たず》ねます。

「これからどうする？」

笑っていたピトフーイが、真顔になって、

「ん？　ここで14時を待って、それから考えましょ」

一応真剣《しんけん》な答えを返してきました。

「ま……、それが一番いいか」

レンは白迷彩《しろめいさい》のポンチョから、緑迷彩《みどりめいさい》のポンチョに着替《きが》えました。

＊　　＊　　＊

13時58分。

「よし、私のガイドはここまでだ。後はひたすら西へ行きな」

雪原の真ん中で、シャーリーが言いました。

リアルではネイチャーガイドをしている舞《まい》ですが、ＧＧＯで似たような台詞《せりふ》を言うとは思いもしませんでした。

もっともリアルでは、途中《とちゅう》でガイドを投げ出すなんてことはしませんが。北海道でそれをやったら、ヘタをするとヒグマに食われて死んでしまいます。いくら試《ため》される大地とはいえ、お客に実際に試《ため》してもらうわけにはいきません。

「ありがとう。助かった」

ヒットポイントがどうにか半分まで回復した、そして最後の救急治療《きゅうきゅうちりょう》キットを使ってさらに回復中のエムと、

「感謝します」

ヒットポイントがどうにか三割強まで回復したが、もう手持ちの救急治療《きゅうきゅうちりょう》キットは使い切って、これ以上の回復はもう無理なアンナが、そう言いながら、実に日本人らしく頭を深く下げました。

「なあエム」

二人が動き出してから、シャーリーはその背中に声をかけました。

動き出してから言うことが一番肝心《かんじん》なこと、とは映画の演出によくありますが、シャーリーもその効果を狙《ねら》ったのでしょう。

「ああ」

エムが振《ふ》り向《む》かずに応えて、その背中を睨《にら》みながら、シャーリーは笑顔《えがお》で訊《たず》ねるのです。

「ピトフーイを殺《や》るのは私だ。止めてみせろ。お前とも一度、本気で戦ってみたい」

「分かった」

エムは、左手を軽く振《ふ》りました。

振《ふ》り向《む》きませんでした。

「今なら、たぶん、やれますが？」

アンナの通信アイテム越《ご》しの小声に、

「仁義に悖《もと》る。なあに、ピトフーイのやつは、それも楽しんでいるさ」

「ならばいいんですが――、いいけど」

「これはゲームであって遊びだ。本当に死ぬこともない」

エムが、感慨深《かんがいぶか》げに言いました。

SJ2でのこと――、ピトフーイ達がゲームの死に自分の命を賭《か》けてしまった案件を覚えているアンナですので、

「確かに！」

笑顔《えがお》と弾《はず》む口調で返しました。

外見は、外国人風金髪美女《きんぱつびじょ》ですが、中身は女子高生らしい返事でした。

「よし、走るぞ」

「了解《りょうかい》！」

シャーリーは、二人が霧《きり》の中に、青春映画のラストシーンのように、元気に勢いよく消えていくのを見ながら、

「撃《う》ってくるかと思ったが……」

体の前に提《さ》げたR93タクティカル2から、手を離《はな》しました。

もしどちらかが振《ふ》り向《む》いて銃口《じゅうこう》を向けてきたら、まずは大男めがけてぶっ放して、

「せっかくここで、エムを屠《ほふ》るチャンスだったのにな」

残念です。チャンスは失われました。

そしてシャーリーは、通信アイテムで、話しかけます。

「おう、待たせたな。合流するか」

＊　＊　＊

14時ちょうどを、すなわち霧《きり》が完全に晴れる時間を一番待ち望んでいたのは――、
SJ5参加者ではありませんでした。

「あと10秒！」

酒場で中継《ちゅうけい》を見ていた、何十人ものプレイヤー達です。間違《まちが》いなく彼等《かれら》です。

「9！」

何せ彼等《かれら》は、ここまでの1時間、ほとんど何も見ることができなかったのですから。

「8！」

SJ5が始まってすぐ、中継映像《ちゅうけいえいぞう》を映す酒場のあちこちにある巨大《きょだい》モニターは、ひたすら真っ白でした。霧《きり》のおかげです。

時々銃撃戦《じゅうげきせん》のマズル・フラッシュが光って、その後に光る【Dead】タグが見えますが、分かるのはそれくらいでした。

「7！」

当然、観客達は非難囂々《ひなんごうごう》です。なんだそりゃ！　とか、今すぐ金返せ！　などの言葉が飛《と》び交《か》いました。誰《だれ》もお金は払《はら》っていませんが。

やがて特殊《とくしゅ》ルールが提示されて、霧《きり》がゆっくり晴れるならしょうがない、それまで酒でもかっくらいながら待つかと思っても、全然晴れません。一向に晴れません。

いい加減にしろと立腹して、酒場から去ってしまった人もいます。

「6！」

やがてあちこちでより派手な戦闘《せんとう》が始まっても、別にアップで見せてくれるでもなし。霧《きり》の中で光るマズル・フラッシュだけ見たって、何がどうなっているのかなど分かりません。

せめて、温度によって色を変えて映してくれる熱源表示——、サーマル・ビジョンにしてくれよと思ったのですが、それもなりませんでした。

SJ2でレンとフカ次郎《じろう》が、ジャングルでピンクスモークを焚《た》いたときにそうしてくれたサーマル・ビジョンですが、今回はなし。理由は不明ですが、たぶん全部やるとシステム上とても面倒《めんどう》くさいとか、そんなでしょう。

「5！」

だから、今酒場でカウントダウンをしているヤツらは、忍耐強《にんたいづよ》く1時間、待ちに待った連中なのです。

「4！」

同時に、彼等《かれら》には疑念がありました。

どうして、SJ5で死んだ連中が、酒場に一人も戻《もど》ってこないのかと。

「3！」

そうなのです。誰《だれ》も戻《もど》ってきていないのです。

これは、おかしなこと。

死後10分間待機すれば、酒場に戻《もど》ってくるのがこれまでのSJです。そして一緒《いっしょ》に酒場で中継《ちゅうけい》を見たり、仲間達と、あるいは観客達と戦闘《せんとう》の様子を語り合ったり。

酒場に戻《もど》ってきて、すぐにチームメイトがいる個室に引っ込んでいる、という可能性もゼロではないのですが、かなり低いです。戦死者全員がそうしている可能性など、ゼロに近いでしょう。

その謎《なぞ》が解けるのか解けないのかは分かりませんが、時計の針は、1秒に1秒分進んでいきました。

「2！」

13時59分58秒。いよいよです。

「1！」

13時59分59秒。

「ゼロ！」

＊　　＊　　＊

その瞬間《しゅんかん》をSJ5のフィールドで迎《むか》えたプレイヤー達は、なかなかにスペクタクルな光景を見ることになりました。

腕時計《うでどけい》や視界に出した時計機能を頼《たよ》りに待っていた彼等《かれら》は、14時00分になったらこの霧《きり》が一気に晴れることが分かっていました。

広いフィールドで立ったままだったら、霧《きり》が晴れた次の瞬間《しゅんかん》に、遠くから狙《ねら》い撃《う》ちされることでしょう。それを狙《ねら》っているスナイパーが、一人や二人、絶対いることでしょう。

だからプレイヤー達は、なるべく身を低くしたり、遮蔽物《しゃへいぶつ》に身を隠《かく》したりしながら、その瞬間《しゅんかん》を待ったのです。

そして、見ました。

レン達——、フカ次郎《じろう》、ピトフーイ、ボスは、森の中で伏《ふ》せていました。

そして、14時になった瞬間《しゅんかん》、白い霧《きり》が音もなく消えていくのを見ました。

「わあ！」

レンは、思わず感動の声を上げてしまいました。

それはそれは、綺麗《きれい》でした。

森が一瞬《いっしゅん》で、森の景色を取《と》り戻《もど》し、遠くまで木々の連なりや、植物で緑に染まった大地が見えるようになったからです。

魔法《まほう》のような瞬間《しゅんかん》でした。

同じような光景を、エムとアンナも見ました。

雪原をどうにか終えて、突然《とつぜん》始まった森の中に入っていたからです。二人とも太い木を挟《はさ》んで伏《ふ》せていましたが、アンナはその様子に顔を上げて、しばし見とれていました。

エムは、しっかりとサテライト・スキャン端末《たんまつ》を睨《にら》んでいました。

「ああ——」

シャーリーは、雪原で、伏《ふ》せた状態で見ました。

自分の周囲の視界が急に広がっていき、3秒後には延々と遠くまでクッキリと見えるようになった様子を。

自分の西側数百メートルの位置に、目指していた緑の森が広がっている様子を。

そして毒づくのです。

「チッ！　もう時間かよ！」


「うおおお！」

「来たあ！」

「フィールドが見えた！」

酒場の観客達が、沸《わ》きたちました。

酒場の高い場所に並ぶ大きな画面の中で、一気に霧《きり》が消えて、そしてフィールドマップが現れました。

あちこちの画面が、いろいろなフィールドを捉《とら》えています。

それと同時に、映っている景色が、一辺が10キロメートルのフィールドのどのあたりか、画面左下の地図表示で示してくれる親切設計。

「こうなってたのか！」

「また変な地形が多いな」

今までのSJだったら、開始すぐに判明していたフィールドの様子が、今ようやく分かりました。

画面を賑《にぎ》わせているのは、ドローンが上空数百メートルで漂《ただよ》っているような、空撮画面《くうさつがめん》です。

一つの画面では、都市部を映していました。

エムやアンナがスタートして戦った場所で、太い通りの中に廃墟《はいきょ》のビルが延《の》びて、あるいはさっきの大爆発《だいばくはつ》で吹《ふ》っ飛《と》んでいます。マップの右上、北東方向だと、画面が教えてくれていました。

一つの画面では、荒野《こうや》を映していました。

茶色い砂と岩と砂礫《されき》の大地です。クラレンスがスタートした地点です。

都市部の北部西側、あるいは地図で言うと都市部の左側で、マップ中央部に3キロメートルほどの幅《はば》で広がっていました。上下、つまり南北は二キロほどの長さ。

都市部がいきなり荒野《こうや》になっていて、その境界線がスパッと真《ま》っ直《す》ぐで、観客達はすぐに気付きます。

「なんだありゃ！」

「あんな地形があるかよ」

「マップデータ、直線的に切《き》り貼《ば》りしてやがる！」

「手抜《てぬ》き工事だ！」

「あれ、楽なんだよなあ……。あれでいいんなら、マップはみーんな、ああしたいよ……」

「おい、ここにゲームデザイナーがいたぞ！」

一つの画面が、その荒野《こうや》に食い込むようにして、たくさんの線路が敷《し》かれた空間を映していました。操車場です。

ＳＪ３でも登場した、線路が多数敷《し》かれている、貨車などを入《い》れ替《か》えたり駐車《ちゅうしゃ》したりする空間です。そのときよりはスケールダウンされていて、幅《はば》は１．５キロメートルほど。

操車場はフカ次郎《じろう》のスタート地点でしたが、それが地図の右上から左下に、斜《なな》めに配置してありました。その先端《せんたん》は数本の線路へと集束され、画面には映っていないフィールドの外へと出て行っているようです。

別の画面では、マップ北西部が映っていました。操車場の左上のエリアは、山になっていました。

ＭＭＴＭのリーダーのスタート地点ですが、外見としては、白い岩と緑の草地が広がる山です。そこに木はありません。

尾根《おね》が幾《いく》つも連なっていて、ノコギリの歯のようなゴツゴツした大地です。ところどころにある白い岩は、一軒《いっけん》の家ほどの大きさがありました。

別の画面では、高速道路を映していました。

やたらに太い、とてもぶっとい舗装道路《ほそうどうろ》です。それはマップ北西部の山岳地帯《さんがくちたい》から、トンネルの出口という形で始まっていました。トンネルは入れそうですが、出口はフィールドマップ内にないでしょう。

そして、それは南に向かって一直線に延《の》びて、そのままフィールドの南西方向へと続いていました。左右には、黒い土の、平らな大地が広がるだけ。

　酒場の観客には分かりませんが、その高速道路の上が、レンのスタート地点でした。そしてビービーと知り合い、車に撥《は》ねられそうになった場所です。

死体は既《すで》に消えていますが、ひっくり返ったアウトバック・ウィルダネスはまだ残っています。

一つの画面が、住宅地を映していました。

豪華《ごうか》な邸宅《ていたく》が並び、家々はボロボロの廃墟《はいきょ》になっていて、そしてど真ん中あたりで黒く大きな爆心地《ばくしんち》が見える場所です。爆心地《ばくしんち》に近いほど、家の形がなくなっています。

「なんだあのど派手な爆発跡《ばくはつあと》は？　最初からあったのか？」

観客の誰《だれ》かが疑問を口にして、

「かもしれないけど、ひょっとしてひょっとすると――」

別の誰《だれ》かが疑念を抱《いだ》き、

「「あの爆弾《ばくだん》チーム！」」

数人の答えが一致《いっち》して声を揃《そろ》えました。

当然、酒場では疑問が渦巻《うずま》きます。

「DOOMだろ？　名前なかったよ？」

「そんなの、登録名を別にすれば誤魔化《ごまか》せるだろ。俺ならそうする」

「予選で戦ったヤツとかいないのか？」

声が酒場に飛びましたが、名乗り出る人はいませんでした。

彼等《かれら》は知りませんし、知り得ませんでした。

予選会でＤＯＯＭ――、ならぬＢＯＫＲと戦った某《ぼう》連続参加のチームが、相手を舐《な》めきった末に、ＳＪ４の予選と同じように一発全滅敗退《いっぱつぜんめつはいたい》の憂《う》き目《め》にあって、恥《は》ずかしいからこの場所に来ていないことなど。

住宅地を映している隣《となり》の画面が、森を映していました。巨木《きょぼく》の森です。フィールドの南部、中央付近がずっと森です。緑の大地が広がっていました。隣接《りんせつ》する住宅地と、右隣《みぎどなり》の雪原との間を一直線にしながら。

「あれ、楽なんだよなあ……。あれでいいんなら、マップはみーんな、ああしたいよ……」

「ゲームデザイナーがまだいたぞ！」

雪原は、真っ白い平らな砂漠《さばく》でした。

南極大陸もかくやという大地。フィールドの右下四分の一を占《し》める、大変に広いフィールドを画面に収めるため、かなり上空から撮《と》っています。なので、そこに誰《だれ》がいるかは分かりません。

こうしてフィールドのほとんどを網羅《もうら》した酒場の画面が、最後にドン、と映し出すのは、

「中央がまだ映ってないな」

誰《だれ》かの言ったとおり、マップ中央でした。

10キロメートル四方のマップの、中央、あるいは中心部分。

そこにあったのは——、

「なんだありゃ？」

「うーん、城じゃね？」

「ああ、城だな」

城でした。


それは、直径3キロメートルはある、真円の城壁《じょうへき》に囲まれた、欧風《おうふう》の城でした。

石造りの城壁《じょうへき》は、高さ30メートルはあり、上は幅《はば》20メートルほどの幅広《はばひろ》の通路になっています。まるでちょっとした高架道路《こうかどうろ》です。

転落防止、あるいは防御《ぼうぎょ》のための凸凹《でこぼこ》がある胸壁《きょうへき》があり、ところどころには狭間《はざま》、あるいは銃眼《じゅうがん》——、つまり銃《じゅう》だけ出して撃《う》てる穴があります。

そのままだと誰《だれ》もその城に入れないので、当然ですが城門があります。

城壁《じょうへき》の外周、約300メートルおきに、幅《はば》で50メートル、高さで10メートルはありそうな、大きな穴が開いているのです。

概算《がいさん》で円周が10キロメートル弱ありますから、城門の数も大変に多いです。これまた概算《がいさん》で、三十三個以上は穴が開いているということに。

まるで虫食いだらけの城壁《じょうへき》です。城としての防御《ぼうぎょ》を考えると、設計ミス以外の何物でもありません。造ったやつ出てこい。

さらに、どの城門も、門扉《もんぴ》は最初からないようです。どなたでも入城可能。特に何も書いていないので、入場料金も要《い》らないようです。

空撮《くうさつ》なので、城の中の様子もよく分かりました。

城門をくぐり抜《ぬ》けてすぐは、平らな中庭になっていて、500メートルほどの距離《きょり》で開けています。中央には円形の城があるので、中庭は、ちょうどドーナッツ状になっています。

中庭には、たくさんの石造りの建物が並んでいます。

一見すると町のようですが、たぶんそれに意味など無くて、実際にはプレイヤー達に身を隠《かく》す場所を与《あた》えるための。

そのドーナッツの中心部が、城の本丸です。

直径2キロメートルはある、巨大《きょだい》な円形状のお城。

もしリアルにこんな巨大《きょだい》な城があったら、建造費だけで国が傾《かたむ》いたのではないかと心配になるほどの大きさです。

背の高い、50メートルはある土台が崖《がけ》のように組まれて、その上に、等間隔《とうかんかく》で尖塔《せんとう》が、合計八本、ぐるりと取り囲むように建っています。

尖塔《せんとう》の高さは、土台からさらに50メートル。ちょっとしたビルのような高さ、そして大きさでした。

城の中心部屋上は、広い広い、直径1．5キロメートルはある、丸い広場になっていました。いろいろな障害物が置いてある、競技場のような広場です。

城壁《じょうへき》とその土台までは、橋がありました。

石組みのアーチ橋で、少し坂道で上っています。幅《はば》は30メートルと広く、そして長さは驚《おどろ》きの500メートル。

現実世界でこんな橋を作ったら、石ではまず無理でしょう。他の材質でも、無理かもしれません。

欧風《おうふう》の城、ということでは、以前レン達も行ったテストプレイの時の城にも似た雰囲気《ふんいき》ですが、その数倍は広く大きく、そして背の高い代物《しろもの》でした。

観客達は、

「とんでもなくでけえ城だな。でもよ――」

「ああ、あんな場所にあんなバカデカい建物があっても――」

それに気付きます。すぐに気付きます。

「誰《だれ》も行かないよな。戦いにくいよ」

そうです。

アトラクションのように作られた不自然なフィールドは、正直戦いづらいのです。ＧＧＯ的一般常識《いっぱんじょうしき》としては、あの城の中に逃《に》げ込《こ》んだりはしません。

なので、ＳＪ５での戦場にはならないのではないかと、普通《ふつう》は思います。

でも、城は用意してあります。

「だとすると――」

「ああ」

観客達は、それに気付きました。

ワイングラス片手に、一人の観客が皆《みな》の意見を代弁するのです。

「なんか仕掛《しか》けているな。あそこに行かなくちゃいけない〝縛《しば》り〟を」

クラレンスとターニャは、石でできた塔《とう》の上で、ほぼ最上階の見晴台《みはらしだい》で、その景色を見ました。

眼下の霧《きり》が一斉《いっせい》に晴れて、自分達がいる高い塔《とう》の下に、広い城内と、さらに広い中庭の町と、それを囲む城壁《じょうへき》が広がっているスペクタクルな光景を。さすが高さ100メートル。弾薬復活《だんやくふっかつ》の表示が出ましたが、今はそれどころではないので無視します。

「急がないと！」

ターニャと、

「だねえ」

クラレンスは、左手を振《ふ》ってウィンドウを出して、通信アイテムの項目《こうもく》を触《さわ》ります。

登録してあった仲間に、接続を呼びかけました。ゲームスタート時の追加ルールの文言なら、一度登録してある仲間なら、どんなに遠くにいても再び繋《つな》げられるはずです。

3秒後、ゲームスタート時に繋《つな》がっていたメンバーと、繋《つな》がりました。

これで、クラレンスもターニャも、それぞれのチームメイト達全員の耳に情報を送れるようになったはずです。

だから、ターニャは挨拶《あいさつ》も抜《ぬ》きに叫《さけ》びます。

「みんな！　今すぐマップの中央に急いで来てー！　そこに城があるから、あちこちにある城門からすぐに中に入ってきて！　——さもないと死ぬから！　今みんながいる場所、もうすぐ全部崩《くず》れて落ちるから！」

そして、クラレンスも、笑顔《えがお》で楽しそうに、その場にいないチームメイトに伝えるのです。

「やっほー、レンその他のみんなー。あのねえ、そのフィールドはね、やがて全部崩《くず》れ落《お》ちて、中央のお城しか残らないんだってさー。城壁《じょうへき》に書いてあったけど、そんな特殊《とくしゅ》ルールなんだって。酷《ひど》いよね！　あっはっは！　俺はもう城の中にいるから無事だよー。心配しなくていいよ。チームの全滅《ぜんめつ》はないよ！　ほんじゃグッドラック！」

二人が仲間に情報を伝えたのと同じ瞬間《しゅんかん》、酒場の観客達は、見ました。

画面の一つが映したのは、フィールド中央のお城の、城壁《じょうへき》。そのクローズアップです。

さきほど、高い上空から映した映像では分からなかった、城壁脇《じょうへきわき》に描《えが》かれた文字が、明朝体《みんちょうたい》のそれが、よく読めるようになりました。

『この大地はやがて崩《くず》れて、その果てに、この城壁《じょうへき》の中しか残らない。生きとし生けるものよ、今すぐこの中に入れ。そして最後の安息の地とせよ。このメッセージを見た者よ、遠くの仲間に意志を伝える能力を復活した暁《あかつき》には、すぐさま伝えるといい』

これこそ、いち早く城壁《じょうへき》にたどり着いたターニャとクラレンスが先ほど見たものです。壁《かべ》のあちこちに浮《う》かんでいます。誰《だれ》かプレイヤーがたどり着いたら、自動的に浮《う》かび上《あ》がる仕組みでした。

酒場の観客達は、その日本語の意味を理解しつつ、

「なんで明朝体《みんちょうたい》？」

「オレが知るか！」

それはさておき、

「〝大地が崩《くず》れる〟って、なんだ？」

誰《だれ》かが、もっともな疑問を口にしました。

いい質問だな！　これが答えだ！

まるでそう言いたげに、画面が教えてくれます。

その瞬間《しゅんかん》、酒場の全ての画面が、まったく同じものに切《き》り替《か》わりました。誰《だれ》かがチャンネルを弄《いじ》った、電器店のテレビコーナーのように。

SJ5のフィールドマップ、10キロメートル四方全てを上空真上から捉《とら》えた、まるで地図のような空撮映像《くうさつえいぞう》です。

それがどんどんと、引いて——、つまり、ズームアウトしていきます。

カメラを積んだドローンが、制御《せいぎょ》を失って宇宙まで去っていくかのような映像でしたが、観客達にそれを見せる意図があると、彼等《かれら》はすぐに気付きました。

見たもので、見せたかったものに気付きました。

「うおっ！」

「なんだありゃ！」

「どわ！」

　フィールドマップの周囲が――、崖《がけ》になっていたのです。

　ＳＪ５のフィールド境界線の先で、大地はスッパリと空中に消えていました。そこから垂直に崖《がけ》が落ちていて、その下には、本当に何もない、茶色の大地が広がっています。

　崖《がけ》の高さは、一辺10キロメートルの地図の広さから概算《がいさん》して、３キロメートルはあるでしょう。

　つまりＳＪ５のフィールドは、標高が３０００メートルもある正方形の山の平らな頂上にあったのです。それは、濃《こ》い霧《きり》も出るでしょう。

　巨大《きょだい》な、テーブルのような四角い大地。

　こんな地形のことを、

「まるで、テーブルマウンテンだ」

　観客の一人が口に出してくれました。はい正解。テーブルマウンテンと呼びます。南米のギアナ高地のそれが、世界的にも有名です。

　霧《きり》に包まれたＳＪ５のフィールドは、高い高い、崖《がけ》の上にありました。霧《きり》で見えなかったから、誰《だれ》もそのことに気付かなかったのです。

もし、知らずにそちらに全力で向かって走っていたら、3000メートル落下して死亡していたでしょう。恐《おそ》ろしい境界線です。

いくつかの画面が、全体図から切《き》り替《か》わっていきました。

一つの画面では、高速道路が空中で途切《とぎ》れている場所を映しました。

別の画面では、雪原が空中で途切《とぎ》れている場所を映しました。

さらに別の画面では、山が途中《とちゅう》で——、
森が——、
荒野《こうや》が——。

それらの崖《がけ》が、崩《くず》れ始《はじ》めました。


「え？　うっそだろ！」

その崩壊《ほうかい》を、誰《だれ》よりも早く、誰《だれ》よりも近くで見ることになったSJ5プレイヤーがいました。

チームZEMALの一人にして、今回リーダー序列一位となっていた、トムトムです。

鍛《きた》えられた体に、頭に巻いたバンダナが、彼のトレードマーク。

ZEMALユニフォームの緑のフリースジャケットを着て、背中にはバックパック型給弾《きゅうだん》システムを背負い、《FN・MAG》マシンガンを持ったナイスガイ。

そのナイスガイは、フィールドの右下、もしくは南東の限界ギリギリの位置にいました。

雪原でＳＪ５を始めて、ビービーの指示通り無理せず生き残るために、一番角っこに陣取《じんど》ることを選んだのです。

先ほどフカ次郎《じろう》とレンが、

「これはあれだ、フィールドの限界にいるから、敵は正面からしか来ない。背後を気にせず撃《う》ちまくれるってやつだな」

「なるほど……。前方に見えてきた黒い影《かげ》は全て全力で撃《う》てばいいってことか……」

そんな会話をしましたが、まさにその通り。

トムトムは、たぶんこの辺がフィールド限界位置だろう、という場所に陣取《じんど》って、スキャンの結果を見て自分めがけてやってくる敵を待ち構えては、圧倒的《あっとうてき》マシンガン火力で粉砕《ふんさい》してきました。

これまで、特にＳＪ序盤《じょばん》で、五人ほど屠《ほふ》ってきました。

もっと来ないのかな？　ヒマだな。

そう彼は思っていました。雪原をスキーで走り回ったシャーリーが、他の面々のほとんどを屠《ほふ》ってしまったとは、もちろん知りません。

そのトムトムは、14時になって霧《きり》が一瞬《いっしゅん》で晴れた瞬間《しゅんかん》、じゃあ移動するか、なんて思っていたのですが——、ごごごごがががらがらがらがら。

背中側、10メートルほどの位置から聞こえてきた、崩落《ほうらく》の音に気付いて振《ふ》り返《かえ》りました。

振《ふ》り返《かえ》ったとき、そこにもう地面はなく、

「え？　うっそだろ！」

その言葉を発したとき、自分の足元にも、既《すで》に大地はありませんでした。

テーブルマウンテンを構成する大地と、その上で固《かた》く締《し》まった雪原ごと、

「うそだああああああああああああああああああああああ！」

トムトムは、３０００メートル下へと、落ちていくのでした。

仲間と通信アイテムを繋《つな》ぐ時間的余裕《よゆう》は、一切《いっさい》ありませんでした。


「ジェイク！　そしてフィールド境界近くに居る誰《だれ》か！　今すぐ、そこから逃《に》げろ！　このフィールドはすぐに崩《くず》れて、中央しか残らない！　全速で中央の城へ向かえ！」

14時00分30秒。

そう叫《さけ》んだのは、今回はＭＭＴＭのリーダーではない、デヴィッド。

通信アイテムをチームメイトに繋《つな》ぎ直《なお》して真っ先に叫《さけ》んだのは、それでした。

彼は今、城の中にはいませんでしたが、城壁《じょうへき》が見える場所にいました。

操車場の端《はし》です。そこに大量に並ぶ貨車の中で、身を潜《ひそ》めていたのです。

ＳＪ３でピトフーイが使ったのと同じ手を使って。すなわち、銃弾《じゅうだん》を防ぐ頑丈《がんじょう》な貨車の中に入り、周囲を観察するために極小《ごくちい》さな穴を、光剣を使って開けて、後は時間が過ぎるのをひたすら待つ。

レン達と別れてから、デヴィッドはその戦法を選び、以後一発も撃《う》たずに、そして撃《う》たれずに生き残っていました。

先ほど霧《きり》が晴れて、遠くに城が見えました。スコープで城を見たら、城壁《じょうへき》に書いてあった明朝体《みんちょうたい》の大きな文字。

「なん、だと……」

それを読んで、デヴィッドは背筋を震《ふる》わせました。

復活した通信アイテムで叫《さけ》ぶことは、それしかありませんでした。

あの性悪《しょうわる》のスポンサー作家、さらなるトラップを仕《し》掛《か》けていたのです。

スタート地点から移動せずに籠《こ》もって隠《かく》れていることばかり選択《せんたく》したチームには、この城《じょう》壁《へき》の情報を見ることができません。

だから、何も知らないまま大地の崩壊《ほうかい》に巻き込まれて、意味も分からないままＳＪ５から退場させられる、というトラップです。

デヴィッドは操車場に隠《かく》れていたので、たまたま見ることができました。本当に偶然《ぐうぜん》です。

もし煉瓦《れんが》造《づく》りの住宅に14時まで隠《かく》れていたら、恐《おそ》らく距離的《きょりてき》に見えなかったでしょう。リーダーマークを付けているジェイクは、フィールド北西で潜《ひそ》んでいるはず。彼が一番危険です。

そして、どこかにいるはずの、死んでいない仲間達も。

「いいな！　中央だ！　急げ！　もし敵と遭遇《そうぐう》したら、そのことを伝えて戦闘《せんとう》は避《さ》けろ！」

広い貨車の中には、

「みんな落ち着いて聞いて。このフィールドは周囲から崩壊《ほうかい》する。中央に見える城に向かって」

同じようなことを、同じように、仲間達に繋《つな》いだ通信アイテムで伝えるプレイヤーがいました。

ビービーです。

デヴィッドと行動を共にしていた彼女は、同じ貨車の中にいました。

彼女の視界の左上、チームメイトのリストでは、トムトムに×印が、今さっき付きました。

シノハラに続いて二人目の死亡。

崩壊《ほうかい》に巻き込まれて死んだことは、すぐに予想がつきます。リーダーマークが、ピーターに移動していました。

ZEMALの生き残りは、残り四人。

「全員、城で会いましょう。死なないで」

「うっひゃ、結構崩《くず》れるスピードが速いな！」

「いいぞやっちまえ！　崩《くず》れろ崩《くず》れろ！」

酒場の観客達が、退屈《たいくつ》だった1時間の鬱憤《うっぷん》を晴らすかのようにはしゃぎます。

画面のあちこちで、大地の崩壊《ほうかい》が映っていました。

垂直の崖《がけ》が、ぽろぽろと面白《おもしろ》いように崩《くず》れていきます。現実には有り得ない、豪快《ごうかい》な崩《くず》れ方《かた》です。

そこには、巻き込まれて死んでいく人達も映っています。雪原で落ちていったトムトムも、その一人。

アンナとエムがいた都市部の崩壊《ほうかい》は、それはそれは、豪快《ごうかい》でした。

大地が崩《くず》れると同時に、巨大《きょだい》なビルも傾《かたむ》いて、そして砕《くだ》けながら落ちていくからです。

そこで、大通りを慌《あわ》てて逃《に》げ始《はじ》めた、今までずっとフィールドの端《はし》のビルで隠《かく》れていたプレイヤーがいました。

しかし、彼がどんなに一生懸命《いっしょうけんめい》走っても、崩壊《ほうかい》の速度の方が速く——、彼はやがて、割れた道路ごと落ちていきました。

「このペースだと、城以外全部崩《くず》れるまで、数分ってところかな」

誰《だれ》かが、ボソッと言いました。

それが正しいかどうか、他の観客には分かりませんが、

「うむ、それくらい早い方が、面白《おもしろ》い」

「間に合わないヤツは、死んでしまえ」

面白《おもしろ》いのでアリです。ダイナミックでスペクタクルな光景を、安全な場所で楽しめるのなら。

「もう遅《おそ》いけど……、参加したかったなあ……」

誰《だれ》かがぽつりと、お酒のグラスを片手に呟《つぶや》きました。

「分かるわ。逃《に》げてきているヤツらを城からバカスカ撃《う》ちたいよな」

別の誰《だれ》かがそう返すと、グラス片手の彼は、しんみりと言うのです。

「いや違《ちが》う。俺……、落ちたいんだ。実際にやると一生に一度しかできないから、ゲームでやってるんだ。あんな高いのは、どんなゲームにもない……」

「お、おう……」

それ以上、彼に話かける人はいませんでした。

フィールドのあちこちで、仲間が既《すで》に城に、あるいは城の近くにいて事情を知ることができたプレイヤー達は、焦《あせ》りました。焦《あせ》りつつ、中央の城を目指します。

そして、運悪くそのことを知り得なかったプレイヤー達は、霧《きり》のない世界でノコノコと出てきたそいつらを、いいカモだと撃《う》とうとします。あるいは撃《う》ちます。

「お前ら！　そんなことをやってる場合か——、げほっ！」

「バカ撃《う》つな！　それよりすぐに城を目指ぐはっ！」

「いいか、俺の話を聞け！　こんなことしてないで城に——、だはっ！」

哀《あわ》れ、あちらこちらで、退場プレイヤーが増えていきました。

そんな中で、

「あっはっは！　こりゃまた性悪《しょうわる》な設定だこと！　SJ3のときの船の再現かあ！　わっはっは！　懐《なつ》かしいわねえ！」

クラレンスからの報告を聞いたピトフーイは、楽しそうに笑っていました。実に楽しそうに笑っていました。

SJ3では、フィールドだった島が沈《しず》んでいく設定でした。周囲から海水がジワジワと、あのときはゲーム開始直後から昇《のぼ》ってきて、プレイヤーは否応《いやおう》なく、フィールド中央に隠《かく》されていた豪華《ごうか》客船《きゃくせん》へと逃《に》げる流れ。

まあ、その前に強制的に裏切り者をチームから一人発生させるという、ムチャクチャなルールもありましたが。

高笑いするピトフーイの隣《となり》で、レンが呆《あき》れます。

「まったくもって笑い事じゃないよピトさん。急いで行こう！」

しかしすぐさまフカ次郎《じろう》が、

「まあ待て。あと少しは待とう。今行ったら――」

森の中にも、突然《とつぜん》派手になった戦闘《せんとう》の音は聞こえています。

「事情を知ってる連中と知らない連中の、くだらない戦いに巻き込まれるがオチだぜ。あと1、2分は待機だな」

「むう……」

レンは、それには従うしかありませんでした。

その脇《わき》でボスが、

「ターニャ、よくやった。クラレンスと一緒《いっしょ》に身を守れ」

有益な情報を伝えてくれたターニャに告げて、それからそれ以外の仲間に、

「お嬢様方《じょうさまがた》！　全員聞いたな？　それでは城で会おう！　私は、レン、フカ、ピトフーイと共に、南側の森から城を目指す！」

そう告げます。レンには聞こえませんが、返事があったようです。ちなみにボス曰《いわ》く、ＳＨ

ＩＮＣはまだ誰《だれ》も死んでいません。

すると、四人の耳に飛び込んでくる別の声。

「森にいるのか！　それは素晴《すば》らしい」

まずはエムの声。

「今から二人でそっちに向かう！　どの辺？」

そしてアンナの声。どうやらエムが、アンナも含《ふく》めて繋《つな》げてくれていたようです。

「わお、エムさん！　アンナ！　近くにいるんだ！　来て来て！　ってここは……」

レンが、自分の居場所を伝える方法を迷っている間に、

「〝5七〟ってところね」

ピトフーイがスパッと答えました。将棋盤《しょうぎばん》の駒《こま》の位置を示す言い方です。

「了解《りょうかい》。1分で西から行く。周辺警戒《しゅうへんけいかい》を頼《たの》む」


レン達が待つことしばし、1分未満でエム達はやってきました。

やった！

レンは心の中で叫《さけ》びました。これにて、六人のパーティーです。かなり心強い。

「再会の喜びは後だ。城に行こう」

エムがまったく浮《う》かれずに言って、同時に背中のバックパックから楯《たて》を出します。

二つを縦に組み合わせたものを、一つは自分が持って、

「ほら」

「ほいな」

一つはピトフーイに持たせました。

何も言わずとも、意思の疎通《そつう》ができています。二人が矢面《やおもて》に立って、万が一撃《う》ってくるヤツからの銃弾《じゅうだん》を手持ちの楯《たて》で防ぐ戦法です。

そして何も言わずとも、フカ次郎《じろう》とボスが殿《しんがり》について、レンとアンナはその中間になりました。

「行くぞ」

大地の崩壊《ほうかい》はまだ見えませんでしたが、ずっとここには居られません。

レン達は、三つに分けたコンビが10メートルほどの距離《きょり》を取りつつ、木々の向こうに見える大きな城に向かって、移動を始めました。

進む度《たび》に木々が薄《うす》くなっていくので、城がよく見えてきます。残りの距離《きょり》は、1キロメートルといったところでしょう。

振《ふ》り向《む》いて、まだ森が見えるので、崩壊《ほうかい》は迫《せま》っていない——、とレンは信じたいです。信じるしかありません。

せめてフィールドマップでどこまで崩壊《ほうかい》しているか見せて欲しいのですが、性悪作家《しょうわるさっか》はそれを許さなかったようです。

ただたたたたん！

銃声《じゅうせい》が、しました。

ががきがきん！

そしてエムの楯《たて》が銃弾《じゅうだん》を弾《はじ》く音。

「右前！　敵！」

さらにエムの声。

すぐに伏《ふ》せたレンには見えませんでしたが、この状況《じょうきょう》が分からずに、自分達に撃《う》ってくるヤツがいたようで、

「まったくう」

ピトフーイがそう言いながら、楯《たて》を地面にブッ刺《さ》して防御《ぼうぎょ》してからの、ＫＴＲ―０９アサルト・ライフルの容赦《ようしゃ》ない連射。

連射に次ぐ連射。75連発ドラムマガジンを空にしてやるぜ、的な意志を乗せたフルオート連射が数秒続いて、レンが、ちょっと撃《う》ちすぎでは？　と心配した頃《ころ》に、銃声《じゅうせい》はストンとやみました。

「仕留めた」

エムがボソッと言いました。

そして先頭の二人は、何事もなかったかのように、再び進み出しました。

レンが起き上がり、進みながら右側を警戒《けいかい》すると、右前50メートルほどの位置に、【Dead】タグが見えてきました。

「え？」

なんと、タグは二つ光っていました。そこでは、二人が二人羽織《ににんばおり》のように重なり合って死んでいたのです。

つまり、最初に撃《う》った一人がもし撃《う》たれて死んでも、その後ろの誰《だれ》かが射撃《しやげき》を継続《けいぞく》する戦法だったのです。ひょっとしたら、破壊不可能《はかいふかのう》オブジェクトになった仲間の死体を楯《たて》にしてでも。

しかし、ピトフーイにあっさりバレて、遠慮容赦《えんりよようしや》ないフルオート連射を食らったのです。だからあれほど、彼女は撃《う》ちまくったのです。死体に対する追い打ち攻撃《こうげき》、いわゆるオーバーキルではなかったのです。

「強いなあ」

ボスの感想を誘《さそ》います。

ほんとそれ。

レンは思いつつ、周囲を慎重《しんちよう》に見張りながら、二人のあとを追いました。

やがて森は終わります。巨木《きよぼく》の、最後の一本の向こうに、城がハッキリと見えました。全員が一度、近い木の脇《わき》に身を潜《ひそ》めて停止。

城は見えましたが、そこまでに５００メートルほど、木がない、それ以外のものもない、乾《かわ》いた茶色の土だけの空間がありました。

エムが、木の幹と楯《たて》で身をカバーしながら双眼鏡《そうがんきょう》で見て、

「いるな。正面の城壁《じょうへき》の上に、ちらほらと。近づく敵を狙撃《そげき》するという魂胆《こんたん》だろう」

棚《たな》ぼた狙《ねら》いか！

レンが心の中で憤《いきどお》り、

「棚《たな》ぼた狙《ねら》いか！」

フカ次郎《じろう》が口に出してブンスカしました。そして、

「もそっと近ければ、オイラのグレネードのサビにしてやるんだがなあ」

愚痴《ぐち》りました。

フカ次郎《じろう》のＭＧＬ—１４０の最大射程は４００メートル。直径20メートルのプラズマ・グレネードの炸裂《さくれつ》威力《りょく》を足しても、さすがに５００メートルは射程外ですね。届きません。

「崩壊《ほうかい》などがなければ、スナイパーの支援《しえん》で前進できるんだが」

ボスが、苦々しく言いました。

レンも理解します。

５００メートルなら、狙撃銃《そげきじゅう》なら十分に人を狙《ねら》える距離《きょり》。

森からの支援射撃《しえんしゃげき》で相手を射貫《いぬ》くか、射貫《いぬ》かないまでも頭を下げさせて、城へ向かう人のサポートができます。

巨木《きょぼく》の陰《かげ》に残ったエムとアンナのサポートでまずレン達が城へ向かい、射程内になったらフカ次郎《じろう》が火力で支援《しえん》。無事に城に取り付いたらエムとアンナを呼び寄せる——、定石《じょうせき》オブ定石《じょうせき》なので、まったく問題なくできるのですが、それではエムとアンナが崩壊《ほうかい》に巻き込まれる可能性があります。二人が、二人だけが死ぬ可能性が高いです。

「よおし！」

ピトフーイが、元気な声を出しました。

「お？　何か名案でも？」

レンが期待を込《こ》めて聞いて、

「ある！　エムとアンナに、ここで死んでもらおう」

「おい待て」

期待したわたしが阿呆《あほう》でござんした。

レンは思いました。

「えー、でも、それがベストじゃない？　エムとアンナ、これまでの戦闘《せんとう》でダメージ多いし」

「そりゃそうだけど！」

「じゃあ、全員で突撃《とつげき》して、みんなで撃《う》たれちゃうー？」

「それはイヤだけど……」

「そもそも、悩《なや》んでいる時間が無駄《むだ》だし」

「ぐう……」

レンの反論材料がなくなりました。

「ほれエム」

「おう」

それだけの会話で分かる二人。そして始まる、ピトフーイとエムの武装スイッチ。

エムのM14・EBRが消えて、さらに防御《ぼうぎょ》の楯《たて》が消えて、代わりにそれらの重量と同じくらいの化け物——、全長2メートルの対物ライフル、アリゲーターが姿を見せました。これならば、さらに高威力《こういりょく》で狙撃《そげき》ができることでしょう。

そしてピトフーイのKTR—09アサルト・ライフルが消えて、左腰《ひだりこし》のM870ブリーチャーが消えて、登場したのは、一丁のマシンガン。

これぞ、今回ピトフーイがコレクションの中から持ってきた、7．62ミリ弾仕様《だんしよう》の汎用機関銃《はんようきかんじゅう》。H&K社製、《MG5》マシンガン。

茶色に塗《ぬ》られたゴツゴツとした外見と、伸縮《しんしゅく》と折りたたみが可能なストック、丸い光学照準器が特徴《とくちょう》の、リアル世界でもGGOでも、新しいマシンガンの一つです。ZEMALのメンツが一人でもいたら、目を輝《かがや》かせていたことでしょう。

１２０発分のベルトリンク弾薬《だんやく》を収めた四角い箱を銃《じゅう》の左側に装着し、銃《じゅう》に一発目を装填《そうてん》したピトフーイ、

「よっしゃ、行くかー！　みんな、二人にお別れの挨拶《あいさつ》を」

惨《むご》いことをサラリと言って、

「なあに、追いつけるようなら追いつくさ」

エムは、己《おのれ》の死を悟《さと》りつつ笑顔《えがお》。

アンナも、

「サポート、任せて！」

サングラスの下の瞳《ひとみ》は泣いているかもしれないのに、明るい口調で言いました。

「うう……」

レンは後《うし》ろ髪《がみ》を引かれる思いですが、二人が覚悟《かくご》を決めた以上、もう何も言えません。水杯《みずさかずき》を交《か》わす暇《ひま》もないようです。

「よし、10秒後にいけ」

エムが、巨大銃《きょだいじゅう》アリゲーターを二脚《にきゃく》で地面に置いて、その手前に伏《ふ》せました。巨大《きょだい》なボルトハンドルを操作して、巨大《きょだい》な弾丸《だんがん》を、一発目を薬室に送り込みました。

「皆《みな》さんご無事で！」

アンナが、ドラグノフと共に、巨木《きょぼく》に身を押しつけました。体を安定させます。

「ごお、よん、さん――」

そして楽しそうにカウントダウンする、フカ次郎《じろう》。

その口が、にい、を発したとき――、

「待って！」

ピトフーイが鋭《するど》く命じました。

足が速くて目標が小さい自分が先頭ダッシュをして、できるだけ敵の狙《ねら》いを引きつけようと気合いを入れていたレンが、

「うひっ！」

ビクッと驚《おどろ》いてしまいました。Ｐ９０が震《ふる》えました。

「なに？」

ピトフーイに訊《たず》ね、そして答えは、

「変なのが来た。右側」

「え？」

レンは見ました。言われたとおり右側を。

そして、その場の全員が見ました。

視界の右側から、一台の乗り物が現れるのを。

前に二つのスキー、後部にトラック――、あるいはキャタピラを付けた小型の乗り物、スノ

ーモービルです。

ボディの色は、くすんだ黄色。まだだいぶ遠いですが、肉眼でも、乗っているのが一人だとは分かります。

スノーモービルは雪の上を快適に走るための乗り物ですが、その気になれば今みたいに平らな土の上でも走れます。

ただし、ずっと走っていると、エンジンがオーバーヒートしますから要注意です。ラジエターがトラックの上にあって、走行で跳《は》ね上《あ》げた雪をそこにぶつけて冷やすシステムだからです。GGOでそこまで再現されているかは分かりませんが。

間違《まちが》いなく雪原フィールドからやって来た一台ですが、城めがけて一直線に近づいていきます。さすがに速い。

そして、スコープを向けていたアンナが気付きました。

「自爆《じばく》チームだ！」

なぬ？　と全員が、持っているアイテムでそいつを見ます。

レンは単眼鏡を取り出して目に当てて、そして確認《かくにん》しました。

見るのもイヤな連中。体に装甲板《そうこうばん》を取り付けて、背中に大きなバックパックを背負ったヤツら。先ほども見ました。酷《ひど》い目に遭《あ》いました。トンデモねえ体験をさせてもらいました。

「どれ？」

フカ次郎《じろう》が顔を寄せてきたので、その目に押し当ててあげました。

「まさか、城に入って自爆《じばく》か？」

ヴィントレスのスコープを覗《のぞ》いていたボスが言って、

「いや……、たぶん無理だろう。城そのものは、破壊不可能《はかいふかのう》オブジェクトのはずだ。SJ3の船とは違《ちが》って」

エムの冷静な返答。

「よかった」

ちなみに船を最終的にぶっ壊《こわ》したのは、今胸をなで下ろしたレンです。

「だよな。じゃねえと、オイラ達の逃《に》げる場所なくなっちまうぜ」

フカ次郎《じろう》も、ゲーマーとして同意します。

なるほど確かに、そうじゃないとおかしいよね。

レンも心の中で納得《なっとく》。あの男や仲間達が中で爆発《ばくはつ》して城を吹《ふ》き飛《と》ばしてしまったら、それはちょっと、いいえかなり、今後のゲームが成立しません。

もし仮に、プレイヤーが残っている時点で城が破壊《はかい》され、お互《たが》いが攻撃《こうげき》できない状況《じょうきょう》になってしまったら、SJ5が終われませんから。嫌気《いやけ》が差したプレイヤーが、自殺か降参しない限り。

では、破壊不可能《はかいふかのう》オブジェクトとして、凄《すさ》まじい衝撃波《しょうげきは》や爆風《ばくふう》なんかはどうなるのかと謎《なぞ》です。

それはさておき、

「なんにせよチャンスだ。アイツを囮《おとり》に、あるいは爆発《ばくはつ》を隠《かく》れ蓑《みの》に、全員で突《つ》っ込《こ》ませてもらおうか」

エムが、アリゲーターを持ち上げながら言いました。

武装をM14・EBRに戻《もど》すのかとレンは思いましたが、しないようです。いざというときのサポートの可能性を、捨て切れていないのでしょう。

スノーモービルは、城へと近づいていきます。

大きな土埃《つちぼこり》をもうもうと巻き上げていますので、それは目立ちます。城から発砲《はっぽう》が始まりました。火線が音の倍の速さで伸《の》びて、DOOMの彼の元へと刺《さ》さっていきます。

そして撥《は》ね返《かえ》します。まだ400メートル以上ある状態では、彼等《かれら》の防具は貫《つらぬ》けません。

城からの銃撃《じゆうげき》が、さらに苛烈《かれつ》さを増しました。

DOOMだと気付かれたのでしょう。その場にいる連中が、いろいろなチームの面々が、今一番ヤバイ敵へと撃《う》ちまくっていきます。彼が見えるプレイヤーは、全員が撃《う》っていることでしょう。

それでもスノーモービルは止まらず、

「いいぞいいけいけー！　ゴーゴー！」

フカ次郎《じろう》なんかは、両手のMGL―140を持ち上げて応援《おうえん》しています。

あんまり目立つと城から狙撃《そげき》されるぞ？

レンは白い目で相棒を見ました。

城まで、残り200メートル。

スノーモービルが、突然《とつぜん》速度を落としました。そして、あっという間に止まりました。

「ああ！」

レンが驚《おどろ》き、

「車体前部にあるエンジンをやられたな。トラックの抵抗《ていこう》が強いから、惰性《だせい》では走れないんだ」

エムが冷静に説明し、

「アイツ、どうするつもりだ？」

ボスが訊《たず》ねました。

「走って行くかな？」

フカ次郎《じろう》が言って、

「それとも……」

アンナが懸念《けねん》しました。

答えは――、爆発《ばくはつ》でした。

酒場の観客達は、見ました。

画面を覆《おお》い尽《つ》くすようなオレンジの光の玉と、盛り上がる衝撃波《しょうげきは》の白い球体。

そして、酒場のスピーカーをぶち壊《こわ》しかねない大音響《だいおんきょう》の爆発音《ばくはつおん》。

「うおおおおっ！」

「やりやがったぜ！」

「たーまやーー！」

「潔《いさぎよ》いぜ！」

「それでこそ俺達のＤＯＯＭ！」

「いつからお前のになった？」

それはもう、大盛り上がりです。

スノーモービルが飛び出して来たところからずっと実況《じっきょう》されていて、迫《せま》る彼の雄姿《ゆうし》をカメラがすぐ後ろから捉《とら》えていました。

エンジンが撃《う》たれて止まった時は、観客全員の嘆《なげ》き声《ごえ》が漏《も》れたくらいです。

だから、大爆発《だいばくはつ》は大喝采《だいかっさい》。

やんややんややです。

「チャンスだ！　爆風《ばくふう》に負けるなよ！　準備！」

エムの声を、衝撃波《しょうげきは》が包みました。

自分達からは300メートル以上離《はな》れた場所での爆発《ばくはつ》ですが、衝撃《しょうげき》は体中をブン殴《なぐ》ってきます。森の木々がバッサバッサと揺《ゆ》らされます。

レン達は目《め》一杯《いっぱい》伏《ふ》せて、最初の衝撃《しょうげき》が暴力的に通《とお》り抜《ぬ》ける数秒を待ちました。

「ぐひゃ！」

レンは軽いので、体が浮《う》きそうになりました。

「おう！」

ボスのぶっとい腕《うで》が、体を押さえつけてくれました。

「ありがと！」

最初の衝撃波《しょうげきは》が通《とお》り抜《ぬ》けて行き、

「よしいけ！　ひたすら真《ま》っ直《す》ぐだ！」

エムの声に、レン達は立ち上がると、土埃《つちぼこり》で視界がほとんどゼロになった世界を走り出しました。

爆発《ばくはつ》は予想通り、世界中を土埃《つちぼこり》に包んでくれました。これで、城から見られることはなくな

りました。問題は、

「どれくらい、これ、もつと思う？」

走りながらレンが聞いて、答えられる人はいません。

風がスッと弱まり、すぐに爆風《ばくふう》の吹《ふ》き戻《もど》しが始まります。左から右へと強風が吹《ふ》く中、レンは走りました。

もう仲間達の姿など見えません。土埃《つちぼこり》の中、レンはただひたすら走るのです。城壁《じょうへき》にぶつかるまで。城壁《じょうへき》の下にたどり着けば、真上からは撃《う》ちづらいし、何より中に入れます。

まあ、そこに別の敵がいるのは間違《まちが》いないでしょうが。その時はその時。今は城に入らないと死ぬのです。

城からの攻撃《こうげき》など、当然ありません。見えないのですから。

「ターニャ、クラレンス。南から爆発《ばくはつ》の土煙《つちけむり》に隠《かく》れて城に向かっている」

エムの声。

そして戻《もど》ってくる、クラレンスのいつもの力の抜《ぬ》ける声。

「ほいよー。凄《すご》い爆発《ばくはつ》だねえ。あと、聞きたくないだろうけど言うよ。結構近くまで崩壊《ほうかい》が迫《せま》ってるよ。ノンビリしないようにね」

「分かった」

レンは全力で走り、走り、走り、

「うひっ！」

土煙《つちけむり》の中、石の城壁《じょうへき》にぶつかるところでした。

急ブレーキをかけてさらに体を捻《ひね》って、背中からぶつかる形でどうにか止まりました。

「わたし、城壁《じょうへき》たどり着いた！」

「城門があればそこで待て」

「了解《りょうかい》！」

レンは城門を探すために、土埃《つちぼこり》の中、Ｐ９０を持たない左手を壁《かべ》に添《そ》えて歩き出します。さっきは目前に城門があると見えてはいたのですが、さて壁《かべ》にへばり付いた今、左右どちらにあるか。

右で良かったのか？　どれくらい歩けばいいのか？　と思っている間に、左手が宙を摑《つか》みました。

ありました、城門。命を救ってくれる入口。

「あった！　わたしがほぼ真《ま》っ直《す》ぐ進んだすぐ右手にあった！」

「そこで待て。誰《だれ》かが来たら呼び止めてくれ」

「了解《りょうかい》！」

誰《だれ》かとはもちろん仲間のこと。レンにも分かります。城門で一度集合し、内部への突入《とつにゅう》はチームで行くべきです。

そして、待つこと数秒、まずボスがやって来ました。土煙《つちけむり》の中でレンを見つけてくれて、

「おう」

その脇《わき》で、城門内へ銃口《じゅうこう》を向けて、警戒《けいかい》してくれました。

土埃《つちぼこり》で、10メートル先も見えません。その先がどうなっているか、分かりません。

やがて、フカ次郎《じろう》が、そしてアンナが続いてやって来ました。フカ次郎《じろう》はレンの後ろに、アンナはボスの脇《わき》に付きました。

あとはピトフーイとエムだけ。

大爆発《だいばくはつ》のおかげで、全員が来られそうですよ？

レンが期待した瞬間《しゅんかん》、エムがやって来ました。巨大《きょだい》な槍《やり》のようなアリゲーターを、それこそ槍《やり》を突《つ》き出《だ》すように持って。アレにぶつかったら、レンはそれだけで死ねそうです。

レン達への銃撃《じゅうげき》は、まだありません。

「はいみんな、おまたー」

ピトフーイがやって来ました。MG5マシンガンが見慣れないので、レンは一瞬《いっしゅん》ギョッとしましたが、ピトフーイでした。

全員が揃《そろ》った瞬間《しゅんかん》――、
風が吹《ふ》きました。

爆発《ばくはつ》の最後の吹《ふ》き戻《もど》しなのか、それとも土埃《つちぼこり》を払《はら》うためにシステムが用意したのかは分かり

ませんが、やや強い風が吹《ふ》いて、土埃《つちぼこり》がクリアになっていきます。

世界が、特に空が、茶色から赤みがかった蒼《あお》さを取《と》り戻《もど》していき、城門の中の様子が見えてきました。

「警戒《けいかい》！」

エムが腰《こし》でアリゲーターを構えながら言って、レン達は全ての銃口《じゅうこう》を城の中へ。

広い城なので、すぐそこに誰《だれ》かがいる可能性は高くはないと思いますが、誰《だれ》かを見たら即座《そくざ》に発砲《はっぽう》する腹積もりです。

ピトフーイが、その一団に加わるために、レンの側に来て、

「さあて、中でも暴れるかー」

「ピトさんが一緒《いっしょ》なら、心強い」

「レンちゃんが一緒《いっしょ》なら、心強いわねー」

そんな女の友情が炸裂《さくれつ》した瞬間《しゅんかん》でした。

レンは見ました。

ピトフーイの頭が、被《ひ》弾《だん》エフェクトで真っ赤になって、そこで何かが破裂《はれつ》する白い煙《けむり》が生まれたのを。

「お？」

ピトフーイが声を出して、それっきり静かになりました。

頭全てを被弾《ひだん》エフェクトで煌《きら》めかせて、濃紺《のうこん》のボディに、赤い頭が乗っているような絵柄《えがら》になったピトフーイが――、

いえ、既《すで》に死んでいるのが明白なので、ピトフーイの死体が、手にしているマシンガンごとゆっくりとレンの方に倒《たお》れてきて、

「ピトさん！」

そのまま、

「むぎゅ」

レンを押《お》し潰《つぶ》しました。

「え？」

「ん？」

フカ次郎《じろう》やボスが振《ふ》り返《かえ》って、うつ伏《ぶ》せに押《お》し潰《つぶ》されたレンと、

ぴこん！

その上に横たわるピトフーイの体に【Ｄｅａｄ】のタグが点灯するのを見ました。

「やられたな」

エムは、たった一言。

ピトフーイの真っ赤な頭を見て、何がどうなったか、一瞬《いっしゅん》で理解しました。

頭にライフル弾《だん》を食らっても、こんなに全部が真っ赤になりません。

これは、〝頭が完全に吹っ飛《ふと》んだ〟ことの演出です。さすがに実際に、頭を吹き飛《ふと》ばすのはエグすぎるから。首の切断はあるんですが。

つまりこれが実際の戦闘《せんとう》だったら、ピトフーイは首から上がなくなっていたことでしょう。

こんな威力《いりょく》のある弾丸《だんがん》は、その可能性は、二つに一つ。

その一、対物ライフル。

その二、炸裂弾《さくれつだん》。

「え？　ピトさん？」

レンが、MG5と体を持ち上げようとして、重くて無理でした。

その死体を、

「ほらよっ！」

レンを自由にするために、フカ次郎《じろう》が蹴飛《けと》ばしました。

普通《ふつう》、仲間の死体にする行動ではありませんが、両手がMGL―140で塞《ふさ》がっているので、こうするのが一番早いからです。誰《だれ》も文句を言いません。

「エムさんよ、この遺品のマシンガン、どうする？」

「使わせてもらおう」

エムが、左手を振《ふ》ってアリゲーターをストレージにしまいました。そして、MG5を持ち上げて、ピトフーイの腰《こし》にあった予備の弾薬《だんやく》ボックスをむしり取ります。

さすがエム、これでも可搬重量《かはんじゅうりょう》に余裕《よゆう》があるようです。

「えー？」

レンがまだ驚《おどろ》いている中で、エムは冷静に言うのです。

「炸裂弾《さくれつだん》だ。シャーリーだな。あいつ、まだ城の中に入っていなかったのか」

城門の入口近くに居たピトフーイを撃《う》ったのなら、当然射手は、まだ外です。

「まさか……」

アンナが、気付きます。アンナだから、気付きます。

「シャーリー、雪原にいたDOOMの一人と組んでいたのでは？」

エムが、顔をニヤリと歪《ゆが》ませました。

「それだな。そして、このタイミングで城に突《つ》っ込《こ》ませて自爆《じばく》させた。ピトフーイを狙撃《そげき》する隙《すき》を造ったんだ」

「やりおるのう」

フカ次郎《じろう》が感心して、

「えー！　ピトさんー！」

レンはまだ、仲間の死から立ち直っていません。

そのレンを、フカ次郎《じろう》は小さなお尻《しり》でドシドシと押して、ピトフーイの死体にすがりつきそうな仲間を、離《はな》していきます。

「ほれほれ、気張らないとお前も死ぬぞ?」

「うぐっ……」

レンは、ピトフーイの死体を一度見下ろし、

「敵は討《う》つからね!」

「ってシャーリーを屠《ほふ》るつもりかお主は?」

「え? あー、うん、優勝直前に!」

「ま、それもいいだろ」

フカ次郎《じろう》はレンの背中をMGL―140の銃口《じゅうこう》で軽く小突《こづ》くと、

「みんな行くぞー。付いてこい!」

「え? 仕切るの?」

「言っただけだ。エムさん、よろしく」

エムは、MG5をグッと握《にぎ》りしめました。

「分かった。城へ入るぞ!」

このとき、時計の針は、14時06分を告げていました。

「やったぜ……。ありがとうよ爆弾少年《ばくだんしょうねん》」

シャーリーは、小さく呟《つぶや》きました。

その声を聞ける人は、もういません。

さっきまで、通信アイテムで繋《つな》がっていた、チームＢＯＫＲの一人は、先ほど爆散《ばくさん》しました。

アンナが予想したとおり、シャーリーは彼を仲間にしていました。

あの霧《きり》の中で、シャーリーは偶然《ぐうぜん》近づきすぎてしまった彼を撃《う》たず、近づいて話しかけていたのです。よお、元気か？　と。

驚《おどろ》く彼に、シャーリーは言いました。

ここで爆発《ばくはつ》するのはもったいないぞ、と。

驚《おどろ》く彼に、シャーリーは言いました。

もっと輝《かがや》ける場所に連れて行ってやる。それまで、一時的に手を組もうぜ、と。

果たしてそんな誘《さそ》いに乗ってくるか、シャーリーにとっては賭《か》けでしたが、

「マジっすかおっかねえ狙撃《そげき》のお姉さん！　付いていきます！　仲間とはぐれて寂《さび》しかったんで！」

返事が意外過ぎて、シャーリーがむしろ驚《おどろ》きました。

口ぶりから、かなり若いプレイヤーと予想しましたが、その後に話しているうちに、いやあ実は自分はまだ中学生ですとアッサリ言われて、シャーリーはさらに驚《おどろ》きました。

というわけで、まるでシャーリーの舎弟《しやてい》になったＢＯＫＲの一員です。ＢＯＫＲという新し

いチーム名略称《りやくしよう》は《僕ら》のことだとか。

シャーリーは自分が雪原で敵を屠《ほふ》っている間に、何か乗り物がないか、彼に探させました。真っ平らな雪原だが、絶対に何か隠《かく》しアイテムがあるはずだと。

そして、丹念《たんねん》に探した結果、スノーモービルが穴に隠《かく》されていたのを見つけたと報告を受けました。大きな穴があって、その上に白い板が貼《は》ってあったと。

シャーリーはすかさず、それに乗って一度逃《に》げて、雪原フィールドの東端《とうたん》で待機しろと伝えました。

シャーリーがエムとアンナを助けることになったのは、その後。

二人を助けて、見送って、そして14時をあっと言う間に迎《むか》えて、

「大変ですよシャーリーさん！　急いで城に行かないと！」

クラレンスからの通信アイテムを受け付けず、彼からの報告で状況《じようきよう》を知ったシャーリーは、すぐさま彼を呼び寄せました。

そして、スノーモービルの二人乗りで城へ向かい、雪原の端《はし》まで移動しました。

この時点では、レンやピトフーイがまだ森の中にいるのか、既《すで》に城に入っているのかは分かりません。

だから、自分が生き残る手段を取らねばなりません。すなわち城への突入《とつにゆう》。

しかし、霧《きり》が晴れた今、500メートル近い開けた空間の移動は危険です。近づけば、城に

入っている連中からの総攻撃《そうこうげき》を受けるでしょう。たとえスノーモービルで突《つ》っ込《こ》んでいったとしても。

攻《せ》めあぐねている中で、仲間になった爆弾少年《ばくだんしょうねん》が言うのです。

「じゃあ、僕が途中《とちゅう》で爆発《ばくはつ》して、土埃《つちぼこり》で煙幕《えんまく》を造りますよ。その隙《すき》に、シャーリーさんは城に突入《とつにゅう》して下さい！」

シャーリーは、少し悩《なや》んでから、命じました。

私のために活路を開いてくれ、と。

「はいよろこんでー！」


そして爆発《ばくはつ》。

そして、土埃《つちぼこり》。

シャーリーは、走り出そうとしました。真《ま》っ直《す》ぐ城壁《じょうへき》へと。

そのとき、誰《だれ》かが、彼女の脳内に囁《ささや》きました。

「舞《まい》や、このままここに居ると、ひょっとしたら、にっくきピトフーイが狙《ねら》えるかもしれませんよ？」

おばあちゃん！

それは、祖母の言葉でした。

ちなみにまだ生きています。

シャーリーは、雪原と土の境目に伏《ふ》せて、R93タクティカル2をバイポッドで構えていました。

狙《ねら》うは、森から城への道筋。

もし、まだピトフーイ達が森に居たのなら、土煙《つちけむり》の中を城に向かったはずです。

ならば——、

シャーリーは待ちました。

伏《ふ》せた彼女には、小さな振動《しんどう》が伝わってきました。大きくなってきました。

振《ふ》り向《む》かなくても分かります。大地が崩《くず》れているのです。

後ろのどこまでが崩《くず》れているのか、シャーリーには一切《いっさい》分かりません。次の瞬間《しゅんかん》、自分の伏《ふ》せている大地が消えて、自分も落下していくのかもしれません。

でも、シャーリーは待ちました。

待ちました。

待ちました。

そして土煙《つちけむり》が晴れて、スコープに城門が見えたとき、

「もらった……」

シャーリーは、ほんの少しだけ狙《ねら》いを修正して、そこにいるピトフーイをスコープの中に捉《とら》えたのです。

狙《ねら》うはピトフーイの胴体中心《どうたいちゅうしん》。

距離《きょり》は800メートル。

弾丸《だんがん》は落下するので、狙《ねら》いは、人間一人分くらい、さらに上。

システムに頼《たよ》らない、だからバレット・ラインで気取《けど》られない、純粋《じゅんすい》にプレイヤースキルでの狙撃《そげき》です。

この距離《きょり》では、幾《いく》ら凄腕《すごうで》シャーリーとはいえ、限界に近い距離《きょり》。

もし弾丸《だんがん》の落下量を少しでも間違《まちが》えていれば、弾丸《だんがん》はピトフーイの頭の上を通りこすでしょう。

シャーリーは、引き金をゆっくりと、しかし決意を込《こ》めて絞《しぼ》りきりました。

反動で持ち上がったスコープを下げると、ピトフーイの頭が真っ赤になるのが見えました。

狙《ねら》いは少しズレましたが、頭に命中したのです。即死間違《そくしまち》いないでしょう。

「やったぜ……。ありがとうよ爆弾少年《ばくだんしょうねん》」

シャーリーが立ち上がって、次弾《じだん》を装填《そうてん》して、そしてやっと振《ふ》り向《む》きました。

白い雪原が、途中《とちゅう》で空になっていました。400メートルほど先で。

それが、すぐに380メートルになりました。あと十数秒で、ここも崩壊《ほうかい》するでしょう。

シャーリーは、一瞬《いっしゅん》だけ悩《なや》みました。

一瞬《いっしゅん》だけでした。

「まだ死ねるかよ！」

R93タクティカル2を手に、シャーリーは走り出しました。

目の前の城壁《じょうへき》、城門へと。

＊　＊　＊

「がー！　やられたー！」

黒い空間で、待機所で、ひっくり返る一人のピトフーイがいました。

ここに飛ばされたことで、一撃《いちげき》で殺された事は分かっていて、

「絶対にシャーリーだ！」

飛んでくる弾《たま》を見たわけでもないのですが、確証がありました。

アレはシャーリーだったと。

飛んできた弾《たま》の、思いとか、恨《うら》みとか、そういうのを考えると、シャーリー以外にいないのだと。

ヴァーチャル世界にそんなものがあるのかは不明ですが。

「やーれやれ」

仰向《あおむ》けに大の字でひっくり返りながら、ピトフーイは、壁際《かべぎわ》の09：40のカウントダウンタイマーを見ていました。

ここで9分過ごせば、あとは酒場です。

「やけ酒でも、飲むかなー」

ピトフーイが呟《つぶや》いた瞬間《しゅんかん》、視界の端《はし》に何か、文字が映りました。

仰向《あおむ》けになった自分の視界の上の端《はし》ですから、背中側にあったようで、

「ん？」

ピトフーイが、体を起こしつつ顔を捻《ひね》って――、

「ん！」

その文字を読みました。

『SJ5の特殊《とくしゅ》ルールについて。さらなる追加！　重要だよ！　よく読んでね！　死んでも諦《あきら》めないで！』

そう書いてありました。

そして、その下に、かなり長い説明文が現れました。

『これを読めるのは、SJ5で死んだ皆《みな》さんだけですよね。そんな皆《みな》さんに、とっておきのお話がありますよ！』

「ほほう？」

ピトフーイが、相づちを打ちながら、読み進めていきます。

『死んだからって、まだやれること、ありますよね？　そう、化けて出ることです』

「ふむふむ」

『だから皆《みな》さん――、〝幽霊《ゴースト》〟になってみませんか？』

(to be continued...)

あとがき特別感動一大掌編《しょうへん》

（注・この巻のネタバレをほんのりと含《ふく》むので、読者の皆様《みなさま》におかれましては、最後まで読み終えてから読んでください）

「SJ5開催《かいさい》までの出来事・プレイバック、パート3」

『ハローハロー！　おげんき？　今夜何してるう？』

『いきなりそれか。こっちは昼間だ。分かってて、言ってるだろ？』

『もちろんだぜ、ネイサン。お前達の昼間は、ジャパンの夜中っち。いやー、深夜に食べるラーメン、ベリウマ檄《げき》ヤミー！　ソウルを感じるぜ！』

『聞く度《たび》に思うんだが、お前の英語は、どこで習ったらそうなるんだ？　火星か？　地球外の訛《なま》りなのか？』

『まず脳内で日本語からフランス語にコンヴァートし、そしてドイツ語をサクッと経由してロシア語で考えて、最後に英語に翻訳《ほんやく》しているのだぜ？』

『それを信じるほど俺は子供じゃない。こう見えてハイスクールは出てるんだぜ？』

『ま、それはさておいて、お電話OKかしら？　お忙《いそが》しくなーい？』

『大丈夫《だいじょうぶ》だから、さっさと本題に入れ。まあ……、内容は分かってるけどな』

『じゃ、そういうことで！』

『言えよ！』

『分かってるんでしょ？　ご存じ、第五回スクワッド・ジャム、開催《かいさい》の方、シクヨロ！　プリーズベリマッチ！　ゴー！』

『何語だ？　——もうSJ5を開催《かいさい》するのか。ずいぶんと早いな。つーか、先月末にSJ4、今月にファイブ・オーディールズやったばっかりじゃねえかよ』

『まあねー。ゼンワイソゲって日本語知ってる？』

『いつだ？』

『9月19日、日本時間で13時スタート。予選は前日。どうよ？』

『——まあ、特に重要なメンテとか入っていないので、開催自体《かいさいじたい》は可能だ。金額は、最低でもいつも通り取るし、お前のことだからまたヘンテコな特殊《とくしゅ》ルールとか、しっちゃかめっちゃかなフィールドとか考えているんだろ？　開催費用《かいさいひよう》、もっと上がるぞ？』

『ノー・プログラム！』

『はいはい』

『こないだ出版された、〝アラフォーのOLさんがこの世界とそっくりな異世界に転生して女子高に通って、コーラス部と間違《まちが》えて入った剣道部《けんどうぶ》で、男子部員を片っ端《かたぱし》からぶっ倒《たお》して大活躍《だいかつやく》、彼等《かれら》からモテモテ逆ハーレム！〟って作品が思ったより売れたので、その印税をガッツリつぎ込んじゃうぜえ！　倍プッシュだ！』

『どんな話だ。──にしても、10月開催《かいさい》じゃダメなのか？　時間的余裕《じかんてきよゆう》があった方が、開催費用《かいさいひよう》、グッと安く上がるけどな』

『ダメ！　ノウ！』

『なあお前、最近……、何を焦《あせ》ってるんだ？』

『べべべべ、別に焦《あせ》ってなんか、ないんだぜええ？』

『なんか隠《かく》してるな？』

『イエース！』

『……まあいい。SJ5、9月19日開催《かいさい》ね。概要《がいよう》だけ聞いておくけど、今度はどんなルールだ？』

『あのねえ、まずはね、スタート地点で霧《きり》がぶわーっと発生していて敵が全然見えない所から始まるの！　おまけにスクワッドのチームの開始地点はバラバラで！　みんながブチ切れるようなルールでしょ！　ワクワクするなあ！』

『ヒデえなお前。何様のつもり？』

『ゲームマスターは神様ですよ』

『神の名を簡単に語るな。――フィールドは？』

『フランケンシュタイン！　のモンスターみたいに継《つ》ぎ接《は》ぎ！　森とか雪原とか都市部とか、既存《きそん》のマップを直線で、切《き》り貼《ば》りしちゃっていいよん！　楽っしょ！』

『楽は楽だが……。プレイヤー呆《あき》れるぞ？』

『何を今さら？　SJのプレイヤーは鍛《きた》えられているから、そんな程度では文句しか言わないよ？　そんでね！　最後にビッグな設定！　フィールドが全部高さ3000メートルのテーブルマウンテンの上にあるの！　最終戦争後に地殻変動《ちかくへんどう》でいろいろな土地が合体して、さらに持ち上がった！　って無理で無茶なあり得ない設定で！』

『自分で言うな！　まあ、フィールドは単に持ち上げるだけだから別に問題はないけど、標高3000メートルの高地の弾道《バリスティック》データなんてないから、平地と同じ弾道《バリスティック》特性でやっちゃうぞ？　実銃《じつじゅう》を撃《う》ち込《こ》んでいるようなマニアなヤツはそれに気付くけど、いいな』

『ノー・プロテイン！』

『はいはい』

『で、時間が来たら、そのフィールドが一気に崩《くず》れていくんだわ！　したっけね――』

『ああ、仕様書をEメールで送れ。いちいちメモさせるな。言っとくけど、お前の細かい注文、完全再現は無理だからな。できれば、ざっくばらんに書いてくれよ』

『りょーの、かい！　あとね、今回はね、オイラも久々に出場するぜ！　愛銃《あいじゅう》SG550を握《にぎ》りしめてな！』

『前から思っていたけど、フィールドも特殊《とくしゅ》ルールも知っているヤツが身分隠《かく》してプレイって、ズルくね？』

『役得と言ってくれ。ズルをする度《たび》に5セント貰《もら》っていたら、今頃《いまごろ》は大金持ちだぜ！』

『はいはい。まあ、準備をやっとくよ』

『サンキュー！　――で、いつもの特別報酬《とくべつほうしゅう》だがな』

『おう……』

『お前の愛して止《や》まないジャパンのスナック菓子《がし》、箱に詰《つ》めて送るぜ……。おっと、緩衝材《かんしょうざい》だからな。お前に送る――、えっと、えっと、百均《ひゃっきん》のプラケースが壊《こわ》れないように、その周囲とか中にぎっしり入れるだけの緩衝材《かんしょうざい》だからな。まあ、食べるも捨てるも好きにしてくれや』

『へっへっへ……。いつもすまねえな……』

『なあにいいってコトよ……。へっへっへ。見つかるんじゃねえぞ……？』

『そっちは任せろ。その辺のことは、プロだ』

『なんのプロだよ？　隠《かく》し食《ぐ》いか？　まあ、お前の会社も大変だよな。スナック菓子《がし》を食べるだけで社内規定違反《しゃないきていいはん》って、なんだよそれ』

『アンビリーバブルだろ？　クレイジーだろ？　でもよ、ボスが健康志向を極《きわ》めちゃってよ……。油と糖分と塩分のスナック菓子《がし》を、まるで親の敵《かたき》だと思ってる』

『だからって社員にも禁止って、それってベリマッチありえねー！　超《ちょう》ありえねー！　ぶっちやけ訴《うった》えたら、よゆーで勝てるんじゃねえか？』

『かもしれねーけどな、クソ高い弁護士費用とのトレードオフで、割に合うと思うか？』

『ぜってー思わんちん』

『何語だ？　ま、社員全員そういう気持ちだ』

『なんという虐《しいた》げられた民《たみ》よ……』

『大げさ。それに、お前の住んでるジャパンって組織だって、拳銃《けんじゆう》一丁持っていたらお縄だろ？』

『ぐぬ』

『俺、今も腰《こし》に9ミリサブコンパクトオート吊《つ》ってるぜ。今日はグロックだが、明日はSIGって気分だな。明後日《あさって》はスターム・ルガーかな』

『あああ！　羨《うらや》ましい！　ああ、羨《うらや》ましい！　ぐぬぬぬ、不悪口《ふあっく》！』

『おいおい、それは使ってはいけない言葉だぜ？』

『大丈夫《だいじょうぶ》だネイサン。俺が叫《さけ》んだ〝フアック〟は日本語だ。英語のFワードとチャウうんじゃで。それは仏教用語で、意味は〝悪い言葉を言うな！〟』

『は？　マジかよ……』

『マジだよ。思わず悪態つきたいとき、私は日本語でそう叫《さけ》ぶのじゃ。そんじゃ仕様書と、お菓子《かし》送るから頼《たの》んだよー！』

後日

『ハーイ、ネイサン！　お元気？』

『ネイサンはクビになりました。私は、この部署を引《ひ》き継《つ》いだソフィアです』

『ホワーイ？』

『彼が我が社で禁止されていた食べ物を食べていたことが、ネット会議の背景に空《あ》き袋《ぶくろ》が映っていたことで発見されたのです』

『何がプロだ！　不悪口《ふあっく》！』

『それは汚《きたな》い言葉です』

『いえ、日本語でして――』

つづかない

以前
この穴かっこいいから
挿絵で一度描いたのですが
ラフチェックで
これはモデルガン用の弾ですって
言われて
修正したことがあります
この絵は
実銃ではないので
OKですね
黒星紅白

◉時雨沢恵一著作リスト

「キノの旅I〜XXIII the Beautiful World」（電撃文庫）
「学園キノ①〜⑦」（同）
「アリソンI〜III〈上〉〈下〉」（同）
「リリアとトレイズI〜VI」（同）
「メグとセロンI〜VII」（同）
「一つの大陸の物語〈上〉〈下〉〜アリソンとヴィルとリリアとトレイズとメグとセロンとその他〜」（同）
「男子高校生で売れっ子ライトノベル作家をしているけれど、年下のクラスメイトで声優の女の子に首を絞められている。I〜III」（同）
「ソードアート・オンライン オルタナティブ ガンゲイル・オンラインI〜XII」（同）
「お茶が運ばれてくるまでに 〜A Book At Cafe〜」（メディアワークス文庫）
「夜が運ばれてくるまでに 〜A Book in A Bed〜」（同）
「答えが運ばれてくるまでに 〜A Book without Answers〜」（同）

本書に対するご意見、ご感想をお寄せください。

ファンレターあて先
〒 102-8177　東京都千代田区富士見 2-13-3
電撃文庫編集部
「時雨沢恵一先生」係
「黒星紅白先生」係

本書は書き下ろしです。

電撃文庫

ソードアート・オンライン オルタナティブ
ガンゲイル・オンラインXII
―フィフス・スクワッド・ジャム〈中《ちゅう》〉―

時雨沢恵一《しぐさわけいいち》

2022年2月10日 初版発行
2024年9月20日 3版発行

発行者 山下直久
発行 株式会社KADOKAWA
〒102-8177 東京都千代田区富士見2-13-3
0570-002-301（ナビダイヤル）

装丁者 荻窪裕司（META＋MANIERA）
印刷 株式会社暁印刷
製本 株式会社暁印刷

ISBN978-4-04-914142-9 C0193 Printed in Japan

電撃文庫 https://dengekibunko.jp/

電撃文庫創刊に際して

文庫は、我が国にとどまらず、世界の書籍の流れのなかで〝小さな巨人〟としての地位を築いてきた。古今東西の名著を、廉価で手に入りやすい形で提供してきたからこそ、人は文庫を自分の師として、また青春の想い出として、語りついできたのである。

その源を、文化的にはドイツのレクラム文庫に求めるにせよ、規模の上でイギリスのペンギンブックスに求めるにせよ、いま文庫は知識人の層の多様化に従って、ますますその意義を大きくしていると言ってよい。

文庫出版の意味するものは、激動の現代のみならず将来にわたって、大きくなることはあっても、小さくなることはないだろう。

「電撃文庫」は、そのように多様化した対象に応え、歴史に耐えうる作品を収録するのはもちろん、新しい世紀を迎えるにあたって、既成の枠をこえる新鮮で強烈なアイ・オープナーたりたい。

その特異さ故に、この存在は、かつて文庫がはじめて出版世界に登場したときと、同じ戸惑いを読書人に与えるかもしれない。

しかし、〈Changing Times,Changing Publishing〉時代は変わって、出版も変わる。時を重ねるなかで、精神の糧として、心の一隅を占めるものとして、次なる文化の担い手の若者たちに確かな評価を得られると信じて、ここに「電撃文庫」を出版する。

1993年6月10日
角川歴彦

電撃文庫DIGEST　2月の新刊

発売日2022年2月10日

第28回電撃小説大賞《大賞》受賞作

姫騎士様のヒモ

【著】白金 透　【イラスト】マシマサキ

姫騎士アルウィンに養われ、人々から最低のヒモ野郎と罵られる元冒険者マシューだが、彼の本当の姿を知る者は少ない。「お前は俺のお姫様の害になる——だから殺す」。選考会が騒然となった衝撃の《大賞》受賞作！

86—エイティシックス—Ep.11

—ディエス・パシオニス—

【著】安里アサト　【イラスト】しらび
【メカニックデザイン】I-Ⅳ

共和国へと再び足を踏み入れるエイティシックスたちに命じられたのは、彼らを迫害した人々を逃がすための絶望的な撤退作戦。諸国を転戦し、帰る場所を知った彼らは暗闇の中を進むが——。アニメ化話題作、最新巻！

新・魔法科高校の劣等生

キグナスの乙女たち③

【著】佐島 勤　【イラスト】石田可奈

九校戦を目前に控え熱気に包まれる第一高校。マーシャル・マジック・アーツ部も三高との練習試合に向けて練習に熱が入る。特に茉莉花は今回の練習試合に闘志を燃やしていた。最強のライバル・一条茜に茉莉花が挑む！

幼なじみが絶対に負けないラブコメ9

【著】二丸修一　【イラスト】しぐれうい

父親と喧嘩し家出した末晴に、白草からの救いの連絡が届く。末晴を敵視する紫苑の目をかいくぐり、白草の部屋へとたどり着いたは良かったが——。迫るバレンタインを前に、ヒロインたちの戦略渦巻く聖戦が始まる!?

ソードアート・オンライン　オルタナティブ

ガンゲイル・オンラインⅫ

—フィフス・スクワッド・ジャム〈中〉—

【著】時雨沢恵一【イラスト】黒星紅白【原案・監修】川原 礫

第五回スクワッド・ジャム。1億クレジットという大金をかけた賞金首にされてしまったレンは、一時的にビービーと手を組み死戦をくぐり抜ける。無事仲間と合流しＳＪ５優勝へ導くことができるのか？

護衛のメソッド2

—最大標的の少女と頂点の暗殺者—

【著】小林湖底　【イラスト】火ノ

刺客の襲撃を退けつつ、学園生活を送る灯理と道真たち最強の護衛チーム。そんな彼らの前に現れたのは灯理と同じ最大標的の少女・静奈。彼女も護ることになった道真たちは、新たな闘争と陰謀の渦に巻き込まれていく。

浮遊世界のエアロノーツ2

風使いの少女と果てなき空の幻想歌

【著】森 日向　【イラスト】にもし

両親との別れの本当の理由を知り、自分も誰かの役に立ちたいと願うアリア。同乗者・泊人の力になるべく飛空船の操舵方法を学び、免許を取る決意をする。一方泊人は探している「謎」の真実を知ることになって——。

ダークエルフの森となれ4

-現代転生戦争-

【著】水瀬葉月　【イラスト】ニリツ
【メカデザイン】黒銀　【キャラクター原案】コダマ

セリアメアと久瀬の策略によって窮地に追い込まれたシーナと練介。逃避行を図りつつも、逆転の一手を導き出す。共に生きていく未来を信じて戦い抜いた二人のもとに訪れるのは福音か、それとも……。

新作

友達の後ろで君とこっそり手を繋ぐ。誰にも言えない恋をする。

【著】真代屋秀晃　【イラスト】みすみ

「青春＝彼女を作ること？　それがすべてじゃないだろ」真の青春は友情だと思っていた。けど、関わりに飢えていた僕らは、みんなに言えない恋をする。これは、まっすぐな気持ちと歪んだ想いをつづった青春恋愛劇。

新作

今日も生きててえらい!

～甘々完璧美少女と過ごす3LDK同棲生活～

【著】岸本和葉　【イラスト】阿月 唯

年齢を誤魔化し深夜労働していた高校生・稲森春幸はある日、東条グループの令嬢・東条冬季を暴漢から救い出すもバイトをクビになってしまう。路頭に迷っていたところを東条さんに拾われ居候することに……。

黒星紅白画集
noir
【ノワール】[nwa:r]
黒。暗黒。正体不明の。
などを意味するフランス語。
黒星紅白、
完全保存版画集
第1弾！
[収録内容]
★スペシャル描き下ろしイラスト収録！★時雨沢恵一による書き下ろし掌編、2編収録！★電撃文庫『キノの旅』『学園キノ』『アリソン』『リリアとトレイズ』他、ゲーム、アニメ、付録、商品パッケージ等に提供されたイラストを一挙掲載！★オールカラー192ページ！★総イラスト400点以上！★口絵ポスター付き！

黒星紅白画集
rouge
【ルージュ】[ruʒ]
赤。口紅。革新的。
などを意味するフランス語。
黒星紅白、
完全保存版画集
第2弾！
[収録内容]
★スペシャル描き下ろしイラスト収録！★時雨沢恵一による書き下ろし掌編、2編収録！★電撃文庫『キノの旅』『メグとセロン』他、ゲーム、アニメ、OVA、付録、特典などの貴重なイラストを一挙掲載！★オールカラー192ページ！★電撃文庫20周年記念 人気キャラクター集合イラストポスター付き！

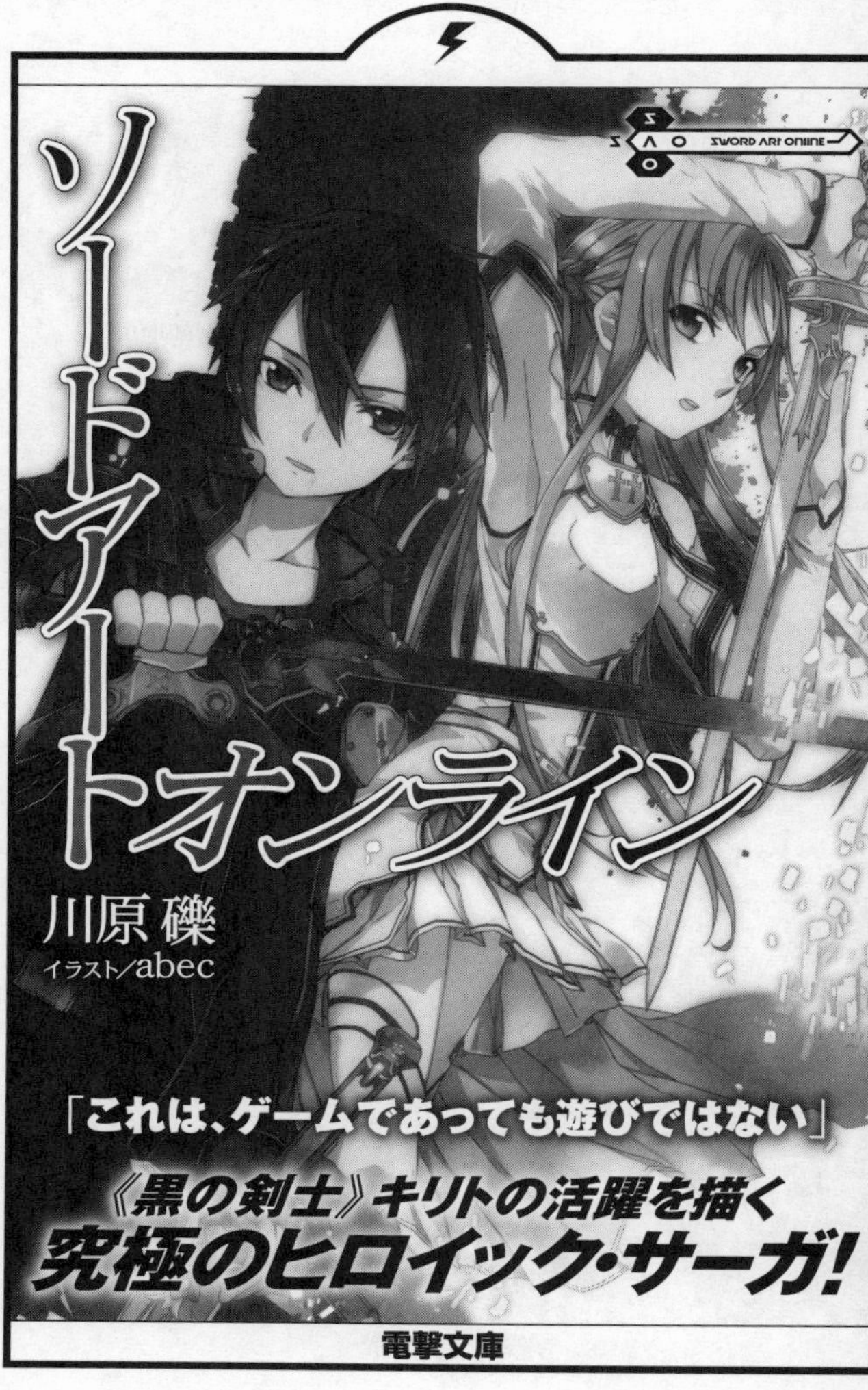
SWORD ART ONLINE
ソードアートオンライン
川原 礫
イラスト／abec
「これは、ゲームであっても遊びではない」
《黒の剣士》キリトの活躍を描く
究極のヒロイック・サーガ!
電撃文庫

人気イラストレーター・abec
イラスト画集 第2弾、
好評発売中!!
川原 礫 書き下ろし
『SAO』特別短編も収録!
SWORD ART ONLINE
abec Art Works
ソードアート・オンライン
abec画集 Wanderers
著:abec
イラスト/abec
電撃の単行本